U0507178

热闹中寂寞而行：张恨水旅行笔记

张恨水　著

青海人民出版社

图书在版编目（CIP）数据

热闹中寂寞而行：张恨水旅行笔记 / 张恨水著 . —
西宁：青海人民出版社，2018.7
ISBN 978-7-225-05619-7

Ⅰ . ①热… Ⅱ . ①张… Ⅲ . ①游记—作品集—中国—
现代Ⅳ . ① I266.4

中国版本图书馆 CIP 数据核字 (2018) 第 179464 号

热闹中寂寞而行：

张恨水旅行笔记

张恨水　著

出 版 人　樊原成
出版发行　青海人民出版社有限责任公司
　　　　　西宁市五四西路 71 号　邮政编码：810023　电话：（0971）6143426（总编室）
发行热线　（0971）6143516 / 6137730
网　　址　http://www.qhrmcbs.com
印　　刷　陕西龙山海天艺术印务有限公司
经　　销　新华书店
开　　本　890 mm × 1240 mm　1/32
印　　张　8.5
字　　数　160 千
版　　次　2018 年 10 月第 1 版　2018 年 10 月第 1 次印刷
书　　号　ISBN 978-7-225-05619-7
定　　价　32.00 元

版权所有　侵权必究

目录

湖山怀旧录

西游小记

蓉行杂感

东行小简

京沪旅行杂志

湖山怀旧录

（一）

恨水不敏，行已中年，无所成就。年来卖赋旧都，终朝伏案，见闻益寡。当风晨月夕，抱膝案头，思十八九岁时，漂泊江湖。历瞻山水之胜，亦有足乐者。俯首微吟，无限神驰也。因就忆力所及，作湖山怀旧录，非有解嘲，实思梦想耳。

谈江南山水之胜者，莫如吴头楚尾，所谓江南江北青山多也。大概江北之山，多雄浑险峻，意态庄严；江南之山则重峦叠嶂，风姿潇洒。大苏谓："欲把西湖比西子，淡妆浓抹总相宜。"则不但西湖如此，江南名胜，无不如此也。

西湖十景，山谷仅居其三，曰双峰插云，曰南屏晚钟，曰雷峰西照（原名雷峰夕照，清圣祖改夕为西，平仄不调，觉生硬）。而原来钱塘十景，则属山谷者较多，计有灵石樵歌、冷泉清啸、葛岭朝暾、孤山霁雪、两峰白云，盖十居其五矣。

双峰插云者，就西湖东岸，望南北二高峰而言。每当新雨初霁，一碧万顷，试步湖滨路，园露椅上，披襟当风，满怀远眺，则南北二峰遥遥对峙，层翠如描，淡云微抹。其下各山下降，与苏白两堤树影相接，尝欲以一语形容，终不可得，若谓天开图画，则尚觉赞美宽泛不切也。

（原载1929年6月11日北平《世界日报》）

（二）

近年南游来者，辄道西湖之水，日渐污浊，深以为憾。盖其泥既深，鱼虾又多，澄清不易也，然当予游杭时，则终年清洁，藻蔓长，无底可见。而四围树色由光相映，遂令湖水成一种似白非白，似蓝非蓝，似碧非碧之颜色。俗称极浅之绿，曰雨天青，近又改称西湖水，其名甚美，惜今日已不副实耳。

南屏晚钟，宜隔湖听之，夕阳既下，雷峰与保俶两塔，倒影波心，残霞断霭，映水如绘。游人自天竺灵隐来，漫步白沙堤上，依依四顾，犹不欲归。钟声镗然，自水面隐隐传来，昏鸦阵阵，随钟声掠空而过，则诗情如出岫之云，漾欲成章矣。

西湖水景，除里外湖而外，则当推西溪，两岸梅竹交叉，间具野柳，斜枝杂草，直当流泉。小舟自远来，每觉林深水曲，欲前无路，及其既前，又豁然开朗。蒹葭缥缈，烟波无际，远望小岫林，如画图开展。两岸密丛中，时有炊烟一缕，徐徐而上，不必鸡鸣犬吠，令人知此中大有人在矣。

西湖为中国胜迹，文人墨士，以得一至为荣，故各处联额，无一非出自名手。孤山林和靖墓、林典史墓（太平天国之役殉难者，名汝霖）、林太守墓（清光绪朝杭州知府，有政声，名靖）前后相望，太守基石坊上有联曰："树枝一年，树木十年，树人百年，两浙无两；处士千古，典史千古，太守千古，孤山不孤。"曾游西湖者，皆乐诵之。至于少保墓联："赤手挽银河，君自大名垂宇宙；青山埋门骨，我来何处哭英雄。"此则艺林称赞，无人不知矣。苏小坟上有联曰："桃花流水渺然去；油檀香车不再逢。"集得亦佳。

（原载 1929 年 6 月 13 日北平《世界日报》）

（三）

湖滨路有一茶楼，凡三级，雕阑画栋，面湖而峙。尝于漠漠春阴之日，约友登楼，临风品茗。时则烟树迷离，四周绿暗，而湖水不波，又觉洞明如镜。既而大风突起，湖水粼粼，遍生皱纹，沿湖杨柳，摇荡者不自持，屡拂栏前布帏而过。所谓山雨欲来风满楼者，临其境而益信。此茶楼之名颇雅，日久已忘之，唯内马路有一旅社，名湖山共一楼，惜不移此耳。

南北二高峰，均在湖滨十里以外，予客杭仅十日，因登灵隐之便，一游北高峰而已。峰在灵隐之后，自灵隐五百罗汉堂侧，拾级而登，直至山顶，约合一万尺。山之半，曲折而西，有庵曰韬光。松竹交加，绿荫碍路，遥闻泉声泠泠然，若断若续，出自树草密荫中。转出竹林，有红墙一角，则庵门是矣。庵建石崖上，玲珑剔透，有翼然之势。人事与自然，乃两尽之。庵旁有一池，石刻之龙首，翘然于上，僧刳竹为沟，曲折引泉达于龙顶，水如短练，自龙口中吐出。池中有鱼，非鲤非鲫，红质而黄章，长约尺许，水清见底，首尾毕显。寺顶有石堂，登临俯视，钱塘江小如一带，江尽处为海，只觉苍茫一片，云雾相接而已。堂外有石匾曰韬光观海，以此，然未列于西湖十景也。

（原载 1929 年 6 月 14 日北平《世界日报》）

（四）

词家“三秋桂子，十里荷花”二语，致引金人问鼎，胡马南窥，西湖桂花之盛，当可想见。向来游湖者，极道九溪十八涧之美，而不知九溪杨梅岭一带，重翠连缀，秀柯塞途，极得小山丛桂之致。据杭人云：八九月之间，木叶微脱，秋草半黄，堆金缀玉，满山桂子烂开，桂树延绵四五里，偶来此地，如入香海。每值月白风清，万籁俱寂，云外香飘，距山十余里人家得闻之。予闻语辄神往焉。

云栖之竹，几与孤山之梅齐名。到杭州者，实不得不一访游之。其地翠竹数万竿，密杂如篱，高入霄汉。小径曲折，迤逦而入翠丛，时有小泉一眼，自林下潺潺而来，石板无梁，架泉为渡，临流顾影，须眉皆绿。林中日光不到，清凉袭人，背手缓步，襟怀如涤。竹内有小鸟，翠羽血红啄，若鹦鹉具体而微。于人迹不闻时，山鸟间啼一二声，真有物我皆忘之慨。

外省游人至杭，如入万宝山中，目迷五色，不知何所取舍，而栖霞之与烟霞云栖，往往误而为一。栖霞洞在葛岭之后，深谷之中，竹树环列，狗见吠客，则游人不期而至洞所矣。初入为一山寺，若无甚奇，旁有石洞，坦步可入。及至洞内，忽焉为佛堂，忽焉为缝，忽焉又为屋，曲折阴晦，如非人世，洞最后露一口朝天，古藤垂垂，山上坠下，旁有水滴声，若断若续，不知出于何所，真幽境也。

（原载 1929 年 6 月 15 日北平《世界日报》）

（五）

小瀛洲即放生池，三潭印月，乃其一部分也，洲与湖心亭、阮公墩鼎峙外湖水面。自孤山俯瞰，此洲如浮林一片，略露楼园。乃驾小舟而来，则直入青芦，可觅得石级登陆。陆上浮堤四达，于湖中作池，真是有路皆花，无处不水。其间楼阁、虚堂以空灵胜，卐字亭以曲折胜，盈翠轩以清幽胜，亭亭以小巧胜。亭曰亭亭，可想其倩影凌波，不同凡品。若夫清潭泛影，皓月窥人，一曲洞箫，凭栏独立，居然世外，岂复人间？

游湖当坐瓜皮小艇，自操桨，则波光如在衣袂，斯得玩水之乐。湖中瓜皮艇，长丈许，中舱上覆白幔，促膝可坐四人。舱内备有棋案（高仅盈尺，面积如之），可以下棋；备有短笛，可以奏曲；备有档勺，可以饮水。如此榜人，诚大解事，真所谓有六朝烟水气者矣。

西湖各地之以花木名者，云栖以竹名，万松岭以松名，九溪以桂名，白堤以桃柳名，平湖以荷名。初与旧景不甚相合。此外苏堤春晓，成为一片桑柘，柳浪闻莺，则草砾蛙鸣，此又慨乎人事变幻不定也。

（原载 1929 年 6 月 16 日北平《世界日报》）

（六）

苏小小墓在西泠桥之南。六角小亭，近临水滨，湖草芊芊，直达亭内。冢隆然，高约三尺许，在亭之中央。唯坟之上下，遍蒙鹅卵石，杂乱不成规矩，未知何意？据杭人云：游人在湖滨拾石，立西泠桥上，遥向亭内掷之，中冢则宜男。杭人之迷信于此可见一斑矣。

杭俗迷信之甚者，莫如放生一事。如禽如兽，固可放生，即一虫一鱼，一草一木，亦莫不可放生。且放生亦有专地，将鱼虾放生者，多在小瀛洲行之。将龟蛇放生者，多在雷峰塔行之。将竹放生者,多在天竺行之。竹何以放生？未至杭州者，必以为妄矣。此事大抵出之于好出风头之妇女，与庙中僧约，指定山上之某某数株，为放生之竹。僧乃灾刀炙字于上，文曰:某月日某某太太或某小姐放生，自此以后，竹即不得砍伐，听其老死。竹所临地，必在路旁。放生之竹，路人悉得见之，放生之人，意亦在是也。一竹之值，不过一二元，一经放生，僧不取，由放生者随助香资，因之一竹之费，且达数十元矣。

（原载 1929 年 6 月 18 日北平《世界日报》）

（七）

灵隐寺前之飞来峰，名震宇宙，实则不甚奇，其实才如北海中之琼岛耳。山脚一涧琤琮流去，是谓冷泉，涧边有亭，即以泉名之。亭中之联，以峰与亭为对，最初一联曰："泉自山中冷起，峰从天外飞来"；次改为"泉自几时冷起，峰从何处飞来"也。今所悬者，则为"泉自冷时冷起，峰从飞处飞来"也。沿湖人家坟墓，布置清幽，花木杂植，偶不经意，辄误认为名胜。而墓之有是数者，亦殊不少。计岳庙之岳武穆坟，三台山之于忠肃坟，民元前之徐烈士（锡麟）墓，西泠桥之苏小小墓，孤山之林和靖处士墓，冯小青墓，英雄儿女，美人名士，各占片土。其他如牛皋等墓，自宋以还当不下数十处，尤不能一一列举也。

墓地最清幽动人者，莫如小青坟，坟在孤山南角水榭之滨，梅柳周环，浓荫四覆，小亭一角，仅可容人，伏于墓上。由林和靖墓至此，草深覆径，人迹罕到。白午风清，轻絮自飞，凄然兴感，令人不知身在何所。予于湖心亭壁上，见冷香女士题句，咏小青坟云："古梅老鹤尽堪愁，郁郁佳城枕习流。分得林花三尺土，美人名士各千秋。"清丽可诵。

（原载 1929 年 6 月 19 日北平《世界日报》）

（八）

数年前，每作痴想，于二三月间，雇亭子小舫一艘，略载书籍数十卷，茶、笔、床、香炉及丝竹之乐器数事，携童子或苍头一，助理茶水之需，于是放舟平河小荡间，顺流所之，不择市集，则舟穷十日之游，当不仅得画图百幅矣。

吴越间问道，既分又四达，而野渡平桥亦比比皆是。板桥多于平岸间巍然高拱，下通一孔，孔洞然如城门。嵌石联于两边，联语多偏重于农事，或嵌乡名于内，佳者殊少。然此事已成定例，又无桥不联也。河水不广，遇桥则更狭，每两舟于桥畔相遇，则一舟择此边之广阔处小泊，以待彼舟之过。恍如入阵之车过函谷诸险，必驻马让人也。

“好是日斜风定后，半江红树卖鲈鱼。”客有游松江者，偶忆此诗，不能不一尝鲈鱼之味矣。由松江至嘉兴，所谓一衣带水之隔，绿野平畴间，小河如人家池塘，轻舟快，穿桑柘从中而行。每当日午风清，绿莽深处，辄泛出瓜皮小艇，尾逐客舟前。后询之，则卖鱼者。鱼价甚贱，去市价至四五倍，渔舟既来，令人不能拒绝，渔人于水舱中出鱼篓，遥见银刀乱掷，间得巨口细鳞之物，鲜美异常，又非松江市上之鲈可比矣。

（原载 1929 年 6 月 22 日北平《世界日报》）

（九）

恒人有言曰：上有天堂，下有苏杭，若乎苏州之风景，未可没也。好游而未至苏州者，有二处必知之，一曰寒山寺，一曰虎丘。盖词人吟咏，见诸篇章，可闻之久矣。寒山距阊门有七里许，夹河桑林匝翠，一望无际。林外有石道，平坦可步。行近得一石桥，横跨两岸，即枫桥也，桥畔有人家数百户，是曰枫桥镇，寺在镇后，约三进，其间虽略具楼阁，然绝无花木草石之胜。有一楼，架一巨钟，盖应张继诗“夜半钟声到客船”句而特设者。殿外廊间，有石碑二,一破裂，一完好，皆尽《枫桥夜泊》诗,字大如碗口,作行书,极翩然有致。据僧云,旧碑系张继自书,新碑则拓而复勒者。然张继吟诗,何曾题壁,伪托可知。

苏杭一带，小河如棋盘蛛网，港里交通，随处可达。平常人家，大抵前门通陆，后门通河，于河更引支流一湾，直达院内，曾于友人席上，夸谈“江南好”以为乐。一友曰:“吾家环野竹篱笆，中植芭蕉、海棠、月季、腊梅之属，四时之花不断，罢钓归来，引船入篱。”座有北人，不待其语毕，即笑曰：“诈也，时安有引船入篱之事乎？”予即白其景实，且谓江南人家家有船，正如河北人家家有车。河入篱内，虽属为奇，而江南之河，大都宽仅数丈，水平浪稳，小舟如床，妇孺可操。且人家所分支流有恰容一小舟者，则其入篱，自可能矣。

（原载 1929 年 6 月 23 日北平《世界日报》）

（十）

胥江由将门入城，支渠绕街市，河流汩汩，沿人家绕户而过。晨曦初上，居民启户而出，上流人家虽倾倒污秽，下流人家自淘米洗菜，妇孺隔河笑语，恬不为怪。外地人谓苏州人物俊秀，其因在此，谑已。

一泓曲水，七里山塘，昔人谓其处朱楼两岸，得画船箫鼓之盛，盖朱明之际，昆曲盛行，此者驾船为台，在中流奏技，出城士女，或继舟以待，或夹岸而观，山塘一带，遂为繁盛之区。降及逊清，此事早不可复观。今则腥膻扑鼻，两岸为鱼盐贩卖所矣。

山塘处曰虎丘，妇孺能道之江南胜迹也，此山之所以奇，在平畴十里，突拥巨阜。山脉何自，乃不可寻。初在外观之，古塔临风，丛楼隔树，孤山独峙，一览可尽，及入其中，则高低错落，自具丘壑，回环曲折，足为半日之游。唯太平天国而后，花木摧残殆尽，蔓草荒芜，瓦砾遍地，殊煞风景耳。

（原载 1929 年 6 月 24 日北平《世界日报》）

（十一）

江南人士，谈苏州者，无不知有留园。园为江苏巨室盛宜怀之别墅，在阊门外大约二里许。园中亭台曲折，花木参差，极奇巧之能事。园中最胜处，中为一巨池，石桥三折其上，南端为水榭，杂植桃杏杨柳之属。偏西为紫藤一巨架，与一小亭，相互倒映水中。其余二面为太湖石，间植梧桐、木樨，山下左设小斋，后植竹，宜读书。右为虚堂，无门。春草绿入其中，可小饮望月。略举一斑，其他可知。园之成传费四十万金，以予计之，成当不至此耳。

予曾读书苏州学校，为盛氏之住宅，与留园盖一墙之隔。其理化讲堂，即留园之一角，划入校中者也。教室上为西式红楼，下为精室。小苑三面粉墙，一处掩以雕栏，两处护以垂柳，廊外首植淮橘四株，其次为塞梨碧桃，交互则生，其三为垂丝槐五六本，更杂以紫薇，最末则葡萄一架，梅花围于四周。雕栏下有古井一，夭桃两树覆于上，夭桃之上，则为翠竹一排，盖隔墙之竹林也。相传此处为杏荪寝室，故其外之花木，罗列至于四季。予住校时，即入居于此。花晨月夕，小立闲吟，俱感清趣，湖海十年，豪气全消，而一念及此，犹悠然神往。数年前乘沪车经过苏州，每见桑林之上，红楼一阁，恍然如东坡老遇春梦婆也。

与留园齐名者，有拙政园、植园、西园三处。植园以地僻未游，西园附于西园古刹（亦盛氏所建），简陋无足称，拙政园为八旗会馆之一部，虽小于留园，而池馆依花，山斋绕竹，皆精美绝伦。有玲珑馆者，满院怪石，不植花木，浅苔瘦蔓，繁华尽洗。石林中有一木屋，高不及丈，并无几榻，只设一蒲团，门上悬竹板，联曰："扫地焚香盘膝坐，开笼放鹤举头看。"恰如其分。

（原载 1929 年 6 月 27 日北平《世界日报》）

（十二）

虎丘之胜，有剑池、憨憨泉、拥翠山庄、云岩禅寺、冠云台、千顷云、阖闾墓、真娘墓、试剑石、点头石、千人石等处。拥翠山庄，沿山之半，建筑楼阁，南望天平上方诸山，如青幛翠屏，遥遥环峙，西望麦地桑田，一碧无际，名曰拥翠，得其实也。阖闾墓渺不可得，真娘墓亦土垠崩溃，杂生荆棘，当予游时，颇感不快。近得友人书，墓已仿苏小坟，建亭植树，且拥翠山庄一带，亦遍树桃李数百株，虎丘满山锦绣，已不如数年前之荒落矣。

清某君咏虎丘诗曰："苍苔翠壁无人迹，小立斜阳爱后山。"此非经过人真不能道。盖虎丘奇，在于土垠之中自生奇石。前山剑池，削壁中开，下临幽泉，人以为奇。其实斧凿之痕，斑斑可辨。而后山则石崖陡立，无阶可下，蔓藤塞泉，自有幽趣。且唯至后山，能现虎丘真形，而信此山非人工所造也。

（原载 1929 年 6 月 28 日北平《世界日报》）

（十三）

江金焦之景，人所美称，金山一寺，吾国老妪耳熟能详之处也。金山在江岸，步履可往，焦山则在中流，非舟才渡。

客京口者行旅匆匆，多至金山而止。金山寺乃俗名，实则为江天禅寺。寺背山面江，雄壮开朗，寺后有塔，下建一事曰江天一览，额为清圣祖御笔，曾国藩所重摹。圣祖之字，本极构板，曾书竟能貌似，可谓学其君者。登此四望，群山迤逦东来，能相连接，大江浩浩，为山所围，横卧其中，形势颇奇。为沿江带名胜所未有也。

天下第一泉，距金山约半里许，泉周围以石栏，可以平观。泉流固平，而其中则有微浪鼓起，作欲趵突状，即泉涌也。相传一泉原在江底，汲水者以铁桶沉江，上覆以盖，盖端另悬一索，可以将盖移动，度桶已及泉，则启之如容泉入，然后覆盖上升于江面。按此泉所在地，及以铁桶汲泉两说之事理，皆不可能，可决其无稽也。

（原载 1929 年 6 月 29 日北平《世界日报》）

（十四）

焦山之景，不以山胜，而以水胜。不以观水胜，而以听潮胜。凭栏注视，波浪翻涌，直奔眼底，如身在舟中。但小坐山阁，下不见长江，则波浪冲击山石，雷鸣鼓碎声。山上松涛起落，龙吟虎啸声。山谷回响，断山残雨声。是真是假，亦有亦无，又令人如坠大海，不能久坐。忽然清磬一声，自树林中又传来，始知身在山上。使欧阳修、金圣叹来此，则《秋声赋》讫《口技》两篇，当能多所借助，渲染更有声势矣。

（原载1929年6月30日北平《世界日报》）

（十五）

金陵为龙盘虎踞之地，于秀丽之中，寓以雄壮之气。以其都江南，真无逾于此矣，舟自上流头来，遥见下关楼台隐隐如在水平线上，其后青山一发，隆然高起，即狮子山也。山在仪凤门内，雉堞绕山麓而过，山作狮子伏地状，树林丛密，又若蜷毛纷披也者，愈增其威势。金陵北临长江，所谓飞鸟莫渡，此山更卓然独立，遥遥与浦镇韩王台对峙，不啻金陵之北门锁钥。

吾人读《桃花扇》《板桥杂志》诸书，见其写金陵三月莺花，六朝金粉，极尽秀丽繁华之能事，辄不觉熏人欲醉，悠然神往。一至下关，匆匆摒挡行李，即驱车入城，一访前朝胜迹。而事实与传言有极端相反者，则入仪凤门而北，水田无际，野柳成林，寒街冷巷，荒凉满目。访雨花台唯有乱石载途，入明故宫只是瓦砾遍地，登北极阁亦复蛛网封门，凭栏小立，令人有荆棘铜驼之感。

袁子才随园，为曹雪芹家故物，即见时心焉向往之大观园也。吾人爱《红楼梦》之为一代名书，更又慕袁子才为一代才子，既来金陵，即令俗务杂集，而此处亦万不能不拨冗一观。出鼓楼西行，于稻田中得鹅卵石砌成之小路一弯，迤逶前进，皆在小山之麓，无何得一碑，上书曰小仓山，碑旁有乱砖砌成之小屋一间，极似土地祠。门以石瓦封之，空其上如破洞，探头内视，洞黑如漆，阴霉之气，中人欲呕。门上有横额，大书特书袁子才先生祠也。袁子才一生，风流放诞，享尽清福，而其专祠溃败，一至于此，亦所谓身后萧条者已。

（原载 1929 年 7 月 2 日北平《世界日报》）

（十六）

小仓山如蛇盘，如蟹伏，岗曲峦屈，乱草丛生，小径无人，不辨四向。山下有小坡，二三人家，负山种菜，求之随园诗所述小仓山诸胜，迄无所获。继于对山崖下，复得一巨碑，碑书曰：随园遗址。碑后有小记，述随园荒落，久为茂草，袁子才之孙，自四川宦游南下，觅出旧址，将袁墓重修理之。是则袁死葬随园，可以伏为，但碑口亦无丘垄，袁墓何在，仍不可知，登山遥望，唯鸟粪塞途，荒草迷径而已。

由小仓山更西行，山愈幽，草愈密，忽闻清筹一声，则抵清凉山矣。

山有寺曰清凉禅寺，寺有楼曰扫叶楼，楼前小岫平铺，茂林丛聚，颇得萧旷之致。楼窗洞开，清风入座，秋日槐树初黄，夕阳淡抹，凭栏听秋声，别有境界。予尝有句曰：“落叶无人扫，乱山相向愁。”写实也。

（原载1929年7月3日北平《世界日报》）

（十七）

湖以莫愁名者，以人名地也，民间传说，中州有女子曰莫愁者，嫁金陵卢氏，家湖上，会夫婿远游，深闺寂寞，颇有悔教封侯之感，湖为莫愁者是以名焉，然考之书籍，事又大谬，梁武帝歌：“河中之水向东流，洛阳女儿名莫愁。……十五嫁为卢家妇，十六生儿字阿侯。”初未云嫁金陵卢氏也，又《旧唐书·音乐志》：《莫愁乐》出于《石城乐》，石城有女子名莫愁，善歌谣。一按石城为湖北钟祥县，清时有莫愁村在，初非石头城人也，后人以洛阳之莫愁，误作石城之莫愁，更以钟祥之古名石城误为金陵之古名石头城，于是两莫愁籍贯皆非矣。唯《寰宇志》，才记莫愁为南朝妓，后人承之，至以莫愁湖与苏小坟、真娘墓并称，形诸篇章，渐流于俗，苟其事为莫须有，不亦唐突古人之甚耶？此事世人多为舛误，故考证之。

莫愁湖既非卢家少妇之乡，则郁金堂亦不应在莫愁湖上，因此堂由于卢家少妇郁金堂一语而来也，堂中现无若何遗迹，其东偏有一庵，名曰华严殿。古屋牵罗，矮墙依树，萧条殊甚，堂上供明中山王徐达位，有联云："此地曾传汤沐邑，何人错认郁金堂。"未免有点儿山气，余皆长联颂中山者，因非所好，不能记忆。转不如堂外水心亭联："一片湖光比西子，千秋乐府唱南朝。"落落大方，不着痕迹也。

（原载 1929 年 7 月 4 日北平《世界日报》）

（十八）

二三百年来，金陵屡遭大劫，名胜古迹，凋残垂尽，青溪张丽华祠、瓦宫寺、凤凰台，皆不识所在，乌衣巷斜阳惨淡，无复王谢之堂。虎踞关蔓草凄迷，亦失为花之市，游览既多，弥增感慨！

尝夜泊燕子矶，草木蓊郁，苔气扑人。月小天高，绝无人影。夜潮汩汩，撞打矶头乱石，湃然而起，悠然而息，前赴后继，阵阵入耳。悲风吹来，水木中老鸦，为之呱呱惊起，伏枕假寐，如非人境。推窗北眺，江流浩浩无声，水月相映，若在大雪中。隔江渔火两三星，闪烁作光，愈似此处与人寰隔绝也者。"淮水东边旧时月""金陵渡口去来潮"，一时两尝此种境况，虽吴道子有巧夺造化之功，亦无法书出也。

（原载 1929 年 7 月 5 日北平《世界日报》）

（十九）

堂上有胜棋楼为徐中山当日胜棋处，登楼远望，翠岫明湖，悉收眼底，中山千秋事业，一代能臣，特于此胜地留下遗迹，则当更有不朽者。孙中山先生酷爱金陵，生则主张迁都于此，死又葬于紫金山，一徐一孙，前后遥遥相对，亦可谓“德不孤”矣。

出朝阳门约七八里，大道平平，康庄适步，翁仲石兽相对峙，亘延二三里而不绝。道左有大碑高逾数丈，述朱太祖起兵建业事。由此北向，即达孝陵之门，门凡三，启其左右以纳游人，危墙高耸，有如巨宫。正中高殿一，空洞虚朗，了无陈设。殿中孤悬太祖像，额突，目巨，鼻隆，下额前伸如瓢把之中，如见雄壮之气。或曰：太祖遗容有二，一丰颊美髯，蔼然可亲，五岳朝天，近不可犯，此近于后说者，盖真像也。

穿此殿而过，乃为陵寝，陵高十丈，平列如小山，茂草人立，并无荆棘。陵前柏林萧疏，幽渺苍古，陵外松林环绕，隔绝人寰。登陵北望鸡鸣、老君诸山，层层拥护，南望翠野平芜，三茅山在百里外，若隐若现，以风景论，此处亦良足多也。

今中山先生墓，与明陵相去约三五里，丰碑华表，均足千秋。朱元璋亦不失为种种革命人物，德不孤矣。明春拟作大河南北之游，当一层观。而十数次来往金陵，均为走马看花之客，只记此寥寥数语，亦难尽新都之美。读者欲一商量六朝山水，愿订来岁之约焉。

（原载 1929 年 7 月 7 日北平《世界日报》）

（二十）

采石矶为长江天险之一，中流扼守，大军莫渡，今则江流绕迁，南岸沙渚，与矶相连，游人步履可登，失其倒挽狂澜之势矣。相传李白酒醉，弃舟捉月，于此蹈水而死，因之好事者于矶上构祠专供太白，于舟中遥望，见山亭水阁数处，藏掩于山石水木间，若夫月白风清，长江如练，芦花十里，作霄乱飞，则水天一色之间，当亦有人呼之欲出矣。

吴头楚尾之间，为江东八郡要地，孙吴遗迹，在在皆是。芜湖对江，有矶石，中流遥望，其大如拳，明沙浅水处，寒芦瘦柳，秋意袭人。矶上有祠，祀昭烈帝孙夫人，即今日京剧中孙尚香投江处也。矶名曰忠，似与贞烈灵祠，苦不相称。习为惯事，亦无一非之者。昔有人过此，书联云："思亲泪落吴江冷，望帝魂归蜀道难。"工稳绝伦。数百年来，艺林引为佳话，今犹悬殿上也。

（原载1929年7月8日北平《世界日报》）

（二十一）

小乔墓有二处，一在湖南岳州，一在安徽南陵，未知孰是也，某年客南陵，于南城香由寺后，得一墓茔，墓背郭而筑，前后植野竹百十竿，白杨四五树，游人披草莱前往，不胜幽郁之致。碑上大书东吴周大都督乔夫人之墓，墓旁有联曰："千年来，本贵贱同归，玉容花貌，飘零几处？昭君冢、杨妃茔、真娘墓、苏小坟，更遗此江左名姝，并向天涯留胜迹。三国时，何夫妻异葬，纸钱杯酒，浇奠谁人？莨篁露、芭蕉雨、菡萏风、梧桐叶，只藉他寺前野景，常为地主作清供。"上联拟不于伦，下联杂，殊非佳构，但其语气颇甜，故尚忆之。

（原载1929年7月9日北平《世界日报》）

（二十二）

四川之峨眉，安徽之黄山，同以仙境名。峨眉余不得而知之矣。黄山则地僻人稀，中多奇境，而唐宋所留道院禅宇，又处处落以太古遗痕，山外人因闻名不易至也，遂以其幽异而仙之。客有作皖浙间之游者，闻三十六峰，固无不为之神驰耳。

黄山之游，欲尽其美，必以七日。而山中多云，酿散丛林间，时作巨雨，又易阻行程，故游人入山，必挟雨具。且定十日之游，山中多庙，随处可投宿。唯除慈光寺一二寺外，僧多俗俚不可近，客来，僧尝披袈裟迎寺外，合掌问讯，作鹭鸶笑。既入其门，或具斋，或供茗，亦极殷勤之能事。所以然者，则向客索香钱或化缘也。故游山住庙，与住旅舍无异，且其价绝昂，二餐一宿，约需番饼三枚，否则秃头怒筋暴张，挥袖送客矣。

黄山之峰三十六，名色奇异，各有命意。莲花、芙蓉、桃花，取其形，以花名之也。天都、云门、始信，取其峻，以险状之也。朱砂、青鸾，取其色，直呼之也。老人、鳌鱼，取其形意名之也。

（原载 1929 年 7 月 11 日北平《世界日报》）

（二十三）

黄山之云，时滃郁林壑间，日蒸而散，风吹而聚，若黄梅时节，则满山常在云雾中。游人行丛莽间，虽在中午，有如将暮。及天开日朗，回视衣衫尽湿。盖人行云中，蒸汽所沾染也。

有时林间叶上，作点滴声，偶扑衣襟，亦如雨点。昂首察天，又无所有。此非雨，乃云留树间，凝成水点，而坠落也。若非作深山大壑之游，安得解此奇趣。

黄山之寺，随在皆是，或居山腰，或立山顶，或临绝壁，或依石涧，山中奇景，凡尽为和尚所占有。闻僧又绝俗，见客来，唯知索钱，借山开佛店，此与沿西湖筑洋楼，同是一样煞风景事也。但山中胜迹，因僧寺既多，修饰保存，亦颇有力，不能抹杀，否则玷污名山，真可尽逐去之耳。

（原载 1929 年 7 月 12 日北平《世界日报》）

（二十四）

三十六峰之中心曰大悲顶，登其顶而望之，则千山万壑，围绕四周。高风吹过，山涛尽起。登高一呼，四方响应者，于此验之矣。抬头望天，高不盈丈，天都云门，几与天相接。尔时构一奇喻，环列各峰，有如翠柱拔地而起，天则张此白幔，覆于翠柱之上。人立大悲顶上,则坐白宫之中央也。俯视脚下，长松万株，直连青云，或倒挂，或怒张，或环旋，奇伟变幻，不可名状。松林之侧，忽然平坦，细草蒙茸，端石如镜，是曰丹台。相传为轩辕炼丹处，故人置一鼎于旁以实其说。事虽不经，而鼎确漫灭不可识，当为千百年物也。

黄山之石有二奇，一为朱砂峰之红石，一为始信峰之石笋。每夕阳西下，照见朱砂峰霞光焕彩，如朱涂火漆，令人目眩神移。求之他山，殊不可得。石笋则其尖齿齿，穿地而出，有绝似竹笋者。是否人为，不敢私言。然即人工所为，亦殊隽古可玩也。

（原载 1929 年 7 月 13 日北平《世界日报》）

（二十五）

天都、莲花两峰，对立而起，夹辅文殊院左右，昂首仰视，矗立云霄，每值大雨前后，两山藏云，汹涌而出，氾溢天半，直迷宇宙，既而云渐展，雨渐凝，则云波漾，有如潮起。万山之中，若开巨湖，山人号此景曰云天铺海。市井中人，意象所不能揣想其境于万一者也。

由慈光寺至文殊院，道经老人、天都二峰，老人峰不甚峻，遥望伛偻做迎人状，老态可掬，逾峰则天都峰壁立当前，前去无路，峰下有古松一株，枝柯横出，如伸巨臂。游人登天都，必经其下，是名曰迎客松，谓两面望之，松皆恋恋过客也。去此道忽窄，一径如线，横盘山腰间。胆小者至此，恒以背倚壁，蟹行而过。俯视足下，则松萝倒挂，不见平地，是曰小心坡。度坡已，石梁横跨，始脱重险，是曰断凡桥。不必游其地，视此名色，当亦矫舌不下矣。

逾断凡桥之后，两山尖夹峙，中间一缝，缝约二尺许，仅容一人扪探而过，盖天门也。出天门，豁然开朗。山峰罗列，松杉夹道，小径通幽，可直达莲花底矣。

（原载 1929 年 7 月 14 日北平《世界日报》）

（二十六）

少年漂泊南北，虽至穷困，而不忌山水之好。游西湖时，与张楚萍偕日几，不谋一饱，而环湖步行，一匝，约四十里，其乐不倦。但限于资斧，亦有不克往者，黄山之游亦如是，乃半道而废，他日有缘，当订重来之约也。

（原载 1929 年 7 月 16 日北平《世界日报》）

（二十七）

昔人有诗曰：“绝似凌云一支笔，夜深横插水晶盘。”盖咏小孤山也。孤亦作姑，彭刚直诗：“十万大军齐奏凯，彭郎夺得小姑回。”是相称已久矣。山在安庆上游一百八十里，壁立江心，四无依傍。竹木相连，绕山环植。山上有小姑庙，楼阁随山层层而上，至其巅，则小塔如锥，立树丛中，愈增此山挺拔之势。

小孤山坐东而面西，西向山势平缓，东向山势陡立，故自上流来，则见之如翠螺浮水，层次可数，自下流来，则见之如石塔沉江，摇摇将没。此处北岸为洲，南岸为山，江流来自千里，至此劈分为二，遂北湍急而南萦回。长江民船至此，一上一下，别山而行。小孤山在水中，俨如通衢中指挥车辆来往之警察也。

先伯祖父昔宦江右，岁暮归皖，至小孤山，大雪漫江，船覆坠水而死。江流急，尸不可得，故愚家人有道经小孤山者，恒备酒浆，向山而吊。某年与父游，乘长江大舢板至此。时已疏星照水，晚雾横江，小孤山沉沉，隐隐在水天一色之间，缥缈如室中楼阁。山头凉月如丸，照见江流闪闪作光，如金蛇一道，自山底漾来，其景奇诡，非诸墨所可形容。先伯祖父生前善画作诗，酒饮无量，窃叱其在天之灵，得凭轼于此，亦无憾乎？楼头少妇怕见花开矣。

（原载 1929 年 7 月 17 日北平《世界日报》）

（二十八）

当南九铁路未成时，由长江赴南昌，以水行经鄱阳湖为便。

九江下游六十里，为湖流入江处，是曰湖口。历来用兵要地也。湖水清碧，江水黄浊，江湖两水汇合之点，有界线一条，长及数里，青黄不接，清浊判然。乘木质舟经此，人执两勺，可左手取清水，右手取浑水，颇饶趣味也。

湖口西为平洲，东为石山，此山即石钟山。苏子瞻谓山底有穴无数，风水相吞吐，遂发镗鞳之声云者，颇觉持之有理。然登石钟山，以小石与山之巨石相撞，则其声亢亢然，闭目聆之，恍如金铁之器相撞。则与山下有穴，风水相搏之处，若不相关，未知于此以外，是否另有其他理由也。

石钟山自东南绕来，其势若椅圈，湖口县倚山面水筑城，恰在椅圈中。于水面遥望，古堞青山，有唐人千笔画意。山上有楼阁数座，沿山上下，以石廊连结之，舟人指点，历历在目。小时避风口内，曾登山一游，仿佛半为古刹，半为仙阁。昔年彭玉麟督长江水师，曾驻节于此，山上楹额，多出名人手笔，惜以年事久，不能举其一二矣。

（原载 1929 年 7 月 18 日北平《世界日报》）

（二十九）

江南山水，名驰世界，为碧眼儿所倾倒者，西湖而外，厥唯庐山矣。五月而后，暑气渐蒸，大江南北数千里，中外之人士蝇趋蚁附，争至庐山避暑，故苍松白石，得与显贵为林，深谷流泉，且引海人斗富。古人所谓六朝云雾中藏灵迹者，今已掘发无余。公诸于世，山之幸欤？山之不幸欤？仍当问之于山中耳。

庐山胜地，游人所聚集之处，则为牯牛岭，近人以牛字不雅，简称为牯岭，唯西人译之为 Cooling，较有意，义谓清凉地也。牯岭距九江四十余里，陆行者半，有汽车者半，山行者亦半。山路高三千余尺，凿石成径，沿壁为栏，处处化险为夷。然山数峰，石级数千，地高林远，身入云雾，人初不料顺此以往，有地如牯岭，高楼广厦，雕栏画栋，繁华一如城市也。

（原载 1929 年 7 月 19 日北平《世界日报》）

（三十）

牯岭沦为租借地，此亦为吾人国耻之一，其事有专籍，吾文可毋述。吾人经此地，见夹道浓荫，康衢如画，西人所开之马路也。楼阁连云，绿林掩映，西人建筑之别墅也。清池见底，幽花四绕，西人之游泳池也。软草如茵，翠栏低覆，西人之排球场也。石柱巍峨，钟楼高峙，西人之会议厅也。深山大谷之中，见此布置，令人惊叹。此外如电灯、如电话、如电报局、如邮局，所以利交通者，又无不备具。然识者以我之胜地，由人经营之，人愈视为乐土，我愈可耻矣。

牯岭之南，有地曰松林路，长松万株，绿荫蔽天，每值天长日午，西人士女，牵裙挽臂，群游其地，憨嬉舞蹈，大会无遮，山中故老见之，每诧为人间奇事，山灵有知，当不免有此之感矣。

我国知识阶级，以游山必居牯岭，深以为耻，遂于小天池建天一公司，莲花谷建筑新村，以此，对抗小天池西邻牯岭租界，居庐山之东北面，郡阳湖云气空蒙远与天接，依石闲眺，胸襟开朗，天一公司建大池旅舍于此，背山面湖，得清爽两字。居此者，晨旦而起凭栏，观湖中日出，则晨曦水雾，别有情趣。与登沿海诸山观沧海日出，又不同也。

（原载 1929 年 7 月 20 日北平《世界日报》）

（三十一）

去小天池北行，即为莲花谷，教育界中人，联群而至，于此建筑新村。吾游时，建筑未久，在草创中，近来或已成规矩矣。青年协会，设暑期学校于此，其建设一如城市中。读书与运动，二者并重。石壁上有刻字如斗大，为“四年五月七日之事”八字。当为居此学生所为，而后牯岭来者，皆为此语所警云。

庐山以两事垂世不朽，一曰云雾，二曰瀑布。以其奇幻不可言状，极宇宙之大观也。水行溯扬子及鄱阳湖，陆行沿南九铁路百余里外，即见群峰插天，云雨落下，渐近渐移，渐移渐变。始之视为高峰者，今则变为平谷。远之视为山黛者，近又变为苍霭。其离奇变化，非山为之也，云雾为之也。亦非纯由云雾为之也，乃游人所经水陆程途，辄易其方向为之也，苏东坡诗："不识庐山真面目，只缘身在此山中。"其实山外之不易识，尤胜于在山中也。

（原载1929年7月21日北平《世界日报》）

（三十二）

庐山潭渊无数，然者水有自来。最奇者，乃为天池山之天池，峰头自凹，劈为水槽，长约五六十尺，广亦二三十尺，虽其结构，半出人工，而水贮池中，终年不涸，亦一奇也。池中有小动物，似鲵鱼而长不盈尺，过者少见，呼为龙鱼，其实为爬虫类之一种，名曰蝾螈。江西赣州一带，所产甚多，人以此处独有，池既名天，鱼亦成龙。以吾度之，或者得自赣南，特蓄养此中耳。

与天池遥遥相对者，则莫如黄龙潭。潭在两峭壁之间，深险无似。两崖苍暗，日光不照，扶石下降及潭，苔气清晦，冷风袭人，瀑布自两山缝中，直泻入潭，潭上如在空蒙烟雨之间。天池在山峰，此则在涧底；天池开朗，此则阴晦；天池清浅，此则幽深，可谓处处相映相反矣。

（原载 1929 年 7 月 22 日北平《世界日报》）

（三十三）

庐山之瀑布，随处皆是，故峰巅树梢，常闻水声潺潺。以予所经，当以三叠泉为第一，青玉峡为第二，玉渊为第三，画家山水秘诀，泉分三叠，不图人间果有此境也。泉由大月山来，遥濯五老之背。其第一叠，如一幅白练，从天而下。声若洪雷，下击山石，石绝坚，水激倒射，大者如雪团，小者如甘霖，分飞四散，坠绕盘石而去。第二叠发自石下，泉经巨创，沿溪小作盘旋，更至悬崖，崖壁立数百尺，无一木一石，与水相拒，泉遂如水晶帘子一挂，下临绝地。第三叠上有曲溪引水，转折前行，水来势其猛，不受溪范，则翻腾起伏，浪花汹涌约数折，巨石当溪头，下复为崖，于是泉劈为二，如玉龙一对，下饮涧中。凡此三乐，共一千二百尺，既雄壮，亦奇诡，泉之可观，诚无有过于此者。然泉在五老峰后，披荆前往，道途绝险。非好奇之士，亦往往裹足不前进。

（原载 1929 年 7 月 23 日北平《世界日报》）

（三十四）

青玉峡之瀑布，完全以雄取胜。三山鼎峙，中成二涧。一水来自双剑峰，一水来自鹤鸣峰，若双方竞走，争欲到此。水不大而湍急特甚，数里外即闻沙沙之声。继而会于山口，下注为潭，即青玉峡也。距青玉峡约里许，为秀峰寺，于寺外见白虹一道，于黄岭绝顶，腾空而下，远山青色，若为画破，风木争鸟之间，若有一阵金石之声，忽断忽续，来自半天，即为瀑布之声。徐凝诗："万古常如白练飞，一条界破青山色。"即指此。东坡老以其不超脱，置之为恶诗，然今日以写实文言之，固不得非之矣。

（原载 1929 年 7 月 24 日北平《世界日报》）

（三十五）

玉涧之瀑，不在高，亦不在奇，而在于猛。萧山南九十九峰支流，汇于三峡涧后，斜流疾走，若不可挽，奔波里许，突遇巨石，于是倾力相撞，发巨声若洪钟。石下有潭，平坦而积水甚深，自崖上以石投潭中，其势极促。故在上面其声澎然，落下而其声又隆然。一唱一和，山谷争鸣。立崖上以石投潭中，如击金革，其声清脆可听。由此潭为涧，涧坠成潭，或浅或深，或广或狭，共以十二数，潭之平浅者，水清见底，解衣入浴，身背清流，足蹈软沙，并剪哀梨，无以喻其快适，于此小歇，足以慰跋涉之苦也。

玉涧之最末一潭，名曰金井。潭上有桥，跨两崖间，其势如半环，长可及十丈，高亦六七丈。桥为唐时所建，工程最奇，乃以山上巨石，互相嵌合，架空而成。西人游历至此，喜降级至潭，立而瞻仰，咨嗟赞叹，辄以为如此古迹，不图于山中得之。立桥上凭栏俯视，目眩心动，不耐久注，桥曰观音桥，又曰三峡桥，盖此水一脉遥传，本来自三峡，不忘所本也。桥之左为慈航寺，右为招隐泉，宽以屋覆之，说者指为天下第六泉云。

（原载 1929 年 7 月 26 日北平《世界日报》）

（三十六）

庐山之水，尚有两处特点可记者，一为王右军洗墨池，一为温泉。洗墨池在归宗寺左，虽方广不过丈许，而水色黝黑，若方洗砚。掬之在手，亦复如常，大概为土色所衬托也。温泉去归宗寺亦不远，泉流坦地上，长约半里，以手试之，不可久置，泉沸处水泡滚滚如珠起。行人常于村中购鸡卵，投沸处浸之，顷刻可熟，较之北平汤山温泉，似过之无不及也。

温泉所在，为栗里之西偏。栗里，陶渊明故居也，居人皆姓陶，半耕半读，有乃祖风。访陶墓，乃不可得。于此南望，山色青翠，蔼然可亲，五柳先生所谓“采菊东篱下，悠然见南山”者，乃在是欤?

（原载1929年7月27日北平《世界日报》）

（三十七）

古人之评庐山者，谓之“博大雄奇”，仔细玩味，觉无一字虚设。而峰巅云雾，或白练一缕，横锁山腰，或雪雾层层，露一尖顶，聚散之间，横添庐山姿势。

双剑峰与香炉峰比翼而立，无限白云，自山谷出，远望如沉香蒸气，徐徐上升，已视为奇矣。然遥观五峰或如武夫怒立，或如老翁俯视，披云带雾，相与拱揖天半，又视香炉为奇焉。五老峰以第三峰为最险，乱石嵯峨，曲折山路，回视左右四峰，怒掷而去，偃蹇而来，绵延数里，似断不断，如为人造，两峰连接处，恒通以峭壁小径，故五老似为一山，而恰能起落各自为主。向来游人称五老之胜，盖有由矣。

云雾非数高峰专有也，他处亦皆有之。据卜居牯岭者云：每值阴暗，则细雨如毫发，漫天飞舞，楼台树木，皆失所在。就岭上马路徐行，但闻前途人语，不见其影，似此，则云之浓厚，亦复可知矣。

（原载 1929 年 7 月 30 日北平《世界日报》）

（三十八）

庐山寺，不减于黄山，如秀峰、栖贤等五大丛林，皆建于晋唐，尤较黄山之建筑久远，然大抵丹垩剥落，殿宇倾圮，无复壮之象，而元明以后新寺，则多轮奂，吾国人，不善保守古代建筑，可见一斑。今之游山者，多往万杉寺，古木参天，山径通幽，林中雄樟数十棵，青翠拂云。当五六月花开时，香闻数里，游人所盛道者也。

万杉之樟，曰五爪樟。黄龙之杉，曰婆娑宝树，皆人所习闻者。杉共三株，高在百尺外，叶似针形，条则如柳，风舞婆娑，颇似其名，相传为晋代僧自印度移来，共十余株，今仅剩此，以时计之，已历二千余年，信为实物。庐山森林局，对此特别注意，围以木栏，以防万一，国中汉柏唐槐，于此可并称三老矣。

（原载 1929 年 7 月 31 日北平《世界日报》）

（三十九）

由白鹿洞至海会寺，一路回望五老、九奇诸峰，错综交织，极为奇诡，海会寺傍山而面湖，在湖山胜处，藏经阁第三层，望鄱湖烟波接天，轮舶远来，轻烟一缕，如在云际。南康城郭暖暖，在山隈水角，隐约可辨。是盖至庐山最南端矣。

庐山胜迹虽多，然山谷崎岖，荆莽载途，遨游辛苦，不如赏玩西湖之乐。居山旬日，每于赤日当空，短衣张盖，升降山上，所涉及半，即已疲病不堪。遂与同游诸子，作他年再来之约。今相别将及八年，而把握无期，际此风停叶静，长午如年，一思牯岭夏屋渠渠，有人居绿天深处，把茗临风，开窗观瀑，别有清凉世界，则不禁神驰，忘汗下之涔涔矣。

（原载 1929 年 8 月 2 日北平《世界日报》）

（四十）

庐山之胜，从来仅播于唐人诗歌。自宋之白鹿书院立，而庐山之名乃益著，吾人既自分亦系读书种子，则既至庐山，不能不一访白鹿洞矣。洞在五老之麓，有径可通南康大道。一路泉声树影，情景幽雅。桥跨石，名曰贯通，桥头立石坊，上书名教乐地四字，院门仿孔庙制，端庄严肃，一洗地处名胜佛家气象。入院为礼圣殿，礼门之外，配以案阶，泮池之上，贯以峻桥，万世师表之额悬中央，七十二贤之位列序，殿上祀先师像，四配十哲，分礼左右，俨然大成遗规也。礼圣殿之外，有宗儒祠，祀周、朱、陆、王及二程，有先贤祠，祀有三先生、李涉、李渤等二十余人，有邵先生祠，祀康节与二泉，祀李空同、蔡忠襄、侯广成。有朱子祠，供朱子像。祠后即白鹿洞也，洞如城门，中置一石鹿，了无他异。若在寺观，当不点缀神怪之说也。

（原载 1929 年 8 月 3 日北平《世界日报》）

（四十一）

书院之讲学风处，昔时在会文堂。堂中颇开朗，清好无尘，而梁栋古朴，不事雕琢，不愧读书人所居。堂外有敞院，不植花木，青草如茵，中蓄小池如圆镜，所在尤见清爽。而屋外山林，青翠四绕，人声不到，如居绿城，朱熹有联云：“鹿豕与游，物我相忘之地。泉峰交映，知仁独得之天。”在老儒眼中，确有此情形，不得认为作头巾语也。

昔年予肄业南昌农林学校，农桑科设于进贤门外，森林科则在白鹿洞书院。予因入农科，住南昌本校，森林科同学来夸匡庐之胜，每为神往。及予游白鹿洞时，森林科搬迁回本校，所遗教室及一切新建筑，多已颓废，有此好读书地，弃置不顾，令人惋惜，唯附近林木，茂盛整齐，各标以名，则学校成绩，独有存者。皖赣人士，屡有就白鹿洞院，组织匡庐大学之拟议，沧桑多变，迄未成立，将来或终得一日实现也。

（原载1929年8月6日北平《世界日报》）

（四十二）

鄱阳湖南起进贤，北至湖口，西自吴城，东抵饶州。由湖口往南昌一段，赣人谓之湖梢，盖湖面最宽处，达百八十里，梢则缩而为槽，宽不过一二十里而已。湖梢水既深，其流湍急，易生风浪，湖口、星子之间，有地曰老爷庙，两岸流沙，一白无际，波涛汹涌，如入雪海。舟行至此，多所戒备。庙在沙滩上，装点特甚，中祀一偶像，蓝脸面赤，则舟人所谓老爷是也。询其究竟，乃为一大鳖，令人哑然失笑。然舟人过此，辄于船头鸣锣焚纸，杀鸡滴血，叩头为烧。且相语戒云蓝字，素嗜鳖者，无不惴惴焉，甚至预造所乘舟之模型，帆索具备，若小儿玩物，至此，即泊岸献诸庙中，故庙中尺许小舟，不下千百。白轮船通后，首破此恶习，鳖亦无如人何？近据赣人云：江西省政府，已毁此庙矣。

八九月之间，秋涨已过，芦花浅水，洲屿杂出。湖水就其深处，分为港汊无数。舟行港中，穷通曲折，如航小河。野菱索蔓水面，恒平数里，舟人伏舷上，一手牵蔓，一手取菱实，顷刻可以盈筐。又湖汊随处有丈许小渔舟，隐于芦中，见舟过，渔人辄于芦中探头相向，要鱼么？据父老言，二十年前，湖中鱼有卖三文一斤者，即近年，每斤亦不过卖四五十文，合之银价，才二三分耳。水产之丰，可想见矣。

赣江入湖之处，有大镇曰吴城镇，合樟树、景德、河口，为江西四大镇之一。背面而湖，有巨阁立于镇头，曰望湖亭，登亭远眺，四周皆水，帆舶进出，如示股掌。昔周瑜在鄱阳湖练水军，于此设帅台，盖古时练水军最扼要地也。

（原载1929年8月7日北平《世界日报》）

（四十三）

由南昌至饶州，必穿湖而过，秋夏水涨，面积过宽，渡湖者，恒作数日之准备。俟风日清平，然后尽一日之力，由康山渡湖尾，沿湖岸而行。唯值顺风，则放舟直过，亦属恒事。故渡湖有一日而了者，有旬日而不了者，全以天气为转移也。五六月之间，黄梅雨期方过，夏涨骤至，湖水接天。舟行入湖，四无涯际，稍南行，则康山青青一发，如浮水面。凭栏偶瞩，不觉涔涔汗下。山有庙祀朱洪武。相传洪武破陈友谅时，陈登山远望，见湖中野鸭成群，以为朱之水军大至，弃康山而遁。语虽不经，可想湖上闲眺，极迷离惝恍之致也。

（原载1929年8月8日北平《世界日报》）

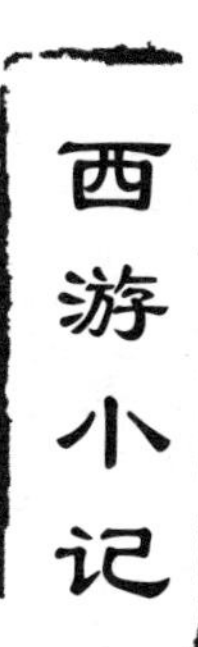

西游小记

今岁五月，予作陕甘之游，意在调查西北民生疾苦，写入稗官。至于风景名胜，旅程起居，则非稗官所能尽收，乃另为一记游之文，投之本志。与本志主编赵先生约，盖已三月于兹矣。今征尘小歇，寄居牯岭，虽寓楼斗大，然开窗北视，远及百里，但见长江如带，后湖如镜，烟云缥缈，胸襟豁然。觉赵君之约，未容久违，遂即趁此逸兴，把笔追志。文以白话为之，取其通俗。而其内容，着重于旅行常识，俾为将来西北游者，略作参考。间以风土穿插之，以增阅者兴趣而已。记游之文，此本不合，然《旅行杂志》之命意，似当如是也。文中有图，亦记者所自摄，初为此道，佳构甚鲜，择其略可者入之，亦点缀篇章之意云耳。二十三年（即民国二十三年，1934 年）八月七日序于牯岭望江楼。

头一站到郑州

西北这两个字，包括得很广，计有陕西、甘肃、宁夏、青海、绥远、新疆六省。我们要游西北，决定自己是要到哪几省，然后择定路线，大概到绥远、宁夏、新疆去，可以由平绥线到包头，再骑骆驼（现在也有汽车了，但是时通时塞）。到陕西、甘肃、青海去，那必定由陇海路到潼关，再换汽车前行。我家居北平，所以是由平汉路到郑州，在郑州换陇海车西进的。说到由北平到潼关，本来不必在郑州勾留的。平汉通车晚上十一点多钟到郑州，陇海由东向西的通车，也是十一点多钟到。你若是买联运票，大可以下了平汉车，就跳上陇海车去。可是有一层，你若打算中途在洛阳下来玩玩，那就不便当。因为陇海车到洛阳，是上午三点多钟，你由郑州上车，不曾睡好，又得起来，而且混乱了一夜，第二日恐怕也没有精神游历。为了这一点，我决定第一站，住在郑州先看一看这新兴的商埠。

郑州的旅馆，尽有几层高楼的。不过很少新的设备，而且租界旅馆里所有的不良现象，那里都有。你若是要图清净，不妨住在中国旅行社招待所。那里设备很新，铁床、浴间、抽水马桶，都有。像那住惯了上海，非抽水马桶不能出恭的朋友，这里是你唯一的歇脚地了。

在郑州的小勾留

在三十年前，郑州火车站边，不过是几十家草棚子而已。现在可了不得，那中山路，一望也是几层楼的高大洋房。马路虽不十分宽，却很是平整。中国、交通、上海各大银行，这里都有分行，绝不是三十年前草棚子里的住客所梦想得到的事。你若是西行的人，到了郑州，就得想一想，有些什么旅行必备的东西，买了没有。假如是没有买的话，可以在这里买齐。因为到了西安，虽然也买得着，可有的不好，有的太贵。现在，我代拟一张西行采办单子。将来有西行的人，可以参酌这个单子自办。

必备品：行军床、温水壶、旅行药品、伞、雨鞋、手电、灯、指南针、表、精盐、茶叶、手巾囊、口罩、罐头、饼干（以上两项，若游华山，千万带着，别忘了）。

补充品：打汽炉子、锑质锅壶、滤斗、糖（西边糖很贵，华山上也缺少）、水果、日记本、茶壶、碗、筷子、小刀、行李袋（或油布）、望远镜、地图、寒暑表。

这单子，看官看到，以为有些滑稽，怎么连滤斗都写上了？其实并不滑稽。因为到甘肃境里去，沿路的水都是黄泥汤，能过滤一下，自己在打汽炉子上烧着喝，不是放心得多吗？关于这些采购的东西，看官向下看我的游记，自然知道用处。

子产祠与碧沙岗

在郑州把东西购办齐了，就可赏玩赏玩郑州的名胜了。照各种游记上说，这里有梅山、泰山两处山景，但是离街市已经有四五十里，专去游历的人，大概很少。就以附近而论，城里有个子产祠，传说是郑子产的故里。但是志书上说：郑国京城，离此还有二十里，传说也许是靠不住的。祠在县东街，由车站方面一直东行就到。祠是一个四合房子，没有什么，院子里有几块碑，现在有警察驻在祠里，没什么可看。祠外五十步，有一座塔，名舍利塔，传说是元朝建筑。

到郑州的旅客，有一个地方必去玩玩的，就是碧沙岗。离郑州约五里路，坐人力车去，来往给一元钱好了。这个地方，原来是冯玉祥部下的阵亡将士墓，在墓前，用了几十亩地，筑成了个园子，花木很多，在郑州这工商业繁盛的地方，只有感到喧嚣，有这样一个地方，那是很可一新耳目的了。园子是坐南朝北的，门很阔大，上书碧沙岗三个大字，你自然知道是谁人的手笔。进门一条很宽的人行路，穿进一架如船篷式的葡萄架，长约十丈，这很有点意思。南行，有一道池子，池上架有石桥。迎面一架东西，挡住了眼帘，便是纪念塔了。塔前三角式，建有三个亭子，用花木陪衬着。若是在中国文人脑筋里，必定题上大招、千秋等等名字。冯先生脑筋里，如何会放进这一套，所以这三个亭子的名字，是“民族”“民权”

"民生"。三民亭后，有一个纪念堂，可不叫五权了。穿过这个堂，后面就是阵亡将士的灵堂了，里面供了无数牌位。在这堂后，就是墓地，那墓是由北而南，一排一排的葬。墓上栽有果子树，睁眼一看，累累然，点不清数目。各墓前，都有小碑。碑上题字，记有军职、籍贯、阵亡地、年龄。我和同行的工友小李，作了一种不相干的工作，就是对年龄方面，加以调查。发现了，最小的十五岁，普通都是十八九岁到二十四五岁。假使他们还活着的话，比我还年轻哩。我情不自禁，这样慨叹的说了一句。我到这里的时候，是阳历五月初，当然，北方天气，还是南方暮春，所以这里的月季、木香之类，开得正茂盛。灵台前有几十棵牡丹、月季，开得更是红艳艳的，这真象征着这里的军人魂了。

尝尝黄河鲤吧

在郑州，有一件游玩以外的事，必定要尝尝，就是黄河鲤。鲤鱼这东西，在别处是个儿大，肤肉粗。唯有黄河鲤，只是尺来长，肤肉很嫩。可是有一层，吃黄河鲤，必得到几家大的河南馆子去吃，那才是真的，而且好吃。平常一条黄河鲤，大概总要卖到两块多钱，或者三块多钱，这是早晚市价不同的。伙计们用绳子提了鱼的鳍，可以送给主顾来看。那鱼比筷子长，而且乱跳，那你就点点头说：“好！”伙计说：“怎样吃？清蒸、红烧、醋溜、干炸……”你觉得有两样吃法都是所喜的，你就说：“清蒸，红烧两做吧。”那么，你仿佛是内行了。吃河南馆子，还有一件事是有趣的，假如我们有五六个人去，汤和甜菜，你不必点，因为馆子里会敬你这两样的。你坐下，伙计端上来，第一碗就是敬菜，叫开味汤。汤大概是鸡肉汁，洒上点胡椒、香菜。吃到中间，他还要敬你酸辣汤、炒八宝饭之类（八宝饭可炒，也只河南馆子有）。你见了这些东西，你千万别问伙计，我没点这个，你怎么送来？那表现你没吃过河南馆子，可是笑话了。

开始西行

我在郑州住了两日，搭下午五点钟的西行车子去洛阳。我坐二等，小李坐三等，这一列车，可不大好。二等车里，是硬木凳，连电灯也没有。但是车行不多时，到洛阳只十点钟，可以睡觉。动身前，我曾换了两块零钱，如四省银行角票，及当百文、二百文的大铜子之类。其实，这是错了。四省角票，只能用到潼关。大铜子，到了洛阳就不行了。以后的游客，请只带中央角票得了。由郑州西去，乡下风景还不坏，树木丛中，不断地发现土寨子。这寨子，俨然是个缩小的城池，也有四门，甚至还加上碉楼，乡下人都住在里面。好的寨子，外面还有壕沟吊桥。《水浒》上常说什么庄，什么寨，由这里证明，那是事实了。在车窗子里向外眺望，我最觉得好看的，便是庄子外的桐花。这个桐，不是梧桐。那树叶子比梧桐小得多，也是一干直上。在树叶子里，簇拥着成球的粉红花，真是欲红还白。一路随时可以看到，是他处所没有的。古人所指的“郎是桐花，妾是桐花凤”，必是这桐花无疑了。二等车上有茶，泡了来，随便喝，到洛阳给茶房三角钱好了。也有饭，中餐，一元，一菜一汤，可以吃饱。小李告诉我，三等车上也有茶，一毛五一壶，而且是不大爱加开水呢。

灯笼晃荡中到了洛阳

洛阳这个地名，说到口里，就觉得响亮，最近把这里一度改了行都，那就更贵重了。火车在黑暗里奔驰，我不时地由玻璃窗里向外张望，并没有什么，只是乌压压的一片低影子。我想着，一切留到明天再看罢，就坐着打瞌睡去，及至耳朵里听到人声嘈杂时，听到茶房说，到了洛阳了。匆匆地，收拾了行李，就走下车来。哈！这是新闻，那月台上很大的一片地方，只竖了两根长木头竿子，在上面挂了一盏小小的汽油灯，只是些混混的光，照着纷乱的人影子乱挤。在空场子南方，有了新鲜的玩意儿了，长的，方的，圆的，扁的，大大小小，罗列着一堆灯笼。我走近去，听到有人喊，中州旅馆吧？名利栈吧？大金台吧？这让我明白了，这些灯笼是旅馆里接客的。在郑州我就打听清楚了，洛阳以大金台旅馆为最好，这“大金台”三个字送到了耳朵里，我就决定了到他家去。将栈伙叫了过来，取了行李，受了检查，让栈伙引着路，我们就跟了他走。打灯笼的店伙，引着一车行李先走，另一个店伙，拿着手电筒，左右晃荡着引了我后跟。我所走的，是一条窄窄的土街，两边人家，都紧紧地闭着大门，每隔四五家门首，在那矮矮的屋檐下挂着一个白纸的方形吊灯，有的写着安寓客商，有的写着油盐杂货，仿佛我由二十世纪一跃而回到十八世纪了。我心里头简直说不出是一种什么感想。糊里糊涂的，随着那晃荡的灯笼，转了一个弯，这街上倒有几盏汽油灯，乃是理发店和洋货店，其余依然在混混灯光中。后来在一个圆纸灯笼下，我们进了一所大门。灯笼上有字，便是大金台了。这旅馆既像南方一条龙的房子，一层层向里，又有点像北方的房子，每进都是三合院。我挑了一间最好的房子住，里面是一副床，铺板，一张方桌，两把木椅，隔壁有间小黑屋子，一铺一桌，就让工友小李住了。那地皮还没收拾好，虽是土质，倒有些像鹅卵石铺面的，脚踏在上面，和上海新亚大酒店的地毯，有点儿两样。伙计送进一盏煤油灯来，昏黄的光，和这屋里倒很相衬，只听到小李在隔壁和店伙说：这是最好的旅馆！若不是最好的旅馆呢？我在这边听着，也笑了。

到洛阳应留意的几件事

到洛阳，就是内地了，一切物质文明，去郑州很远，旅馆还是江南小客栈那种组织，第一是没有电灯，电话也很少（其实用不着），而且房间里也不预备铺盖。平常房间价钱由五角至一元二角，茶水还另外算钱。吃饭，到外面馆子里去叫，每晨有五六角，可以吃得很好。看官若也西行，当你到车站的时候，就可以叫栈伙来照应。不过你的行李挂了行李票的话，要立刻就到行李房去取。等到检查行李的军警走了，那就要等他明晨再来了（这是指乘晚车来的人而言）。再说，洛阳有两个车站，东站是进城去的，西站是西宫。西宫是驻军重地，游历的人，大可以不必上那里去。就是由东站下车，也有进城不进城之别。车站到城里，还有两三里路，晚上是进不了城的。好在客栈都在车站边，若是作短期游历的人，就可以住在车站。

白马寺及其他名胜

洛阳是周汉唐许多朝代，建过都的所在，自然是古迹很多。

不过到了现在，多半不可寻访了，只有汉朝的白马寺，北魏的龙门雕刻，这还是值得游人留恋的。现时来游洛阳的人，也都是注意这两个地方。到了次日早上,我叫店伙来问了一阵儿，知道到白马寺是二十多里路，到龙门是三十多里路，坐人力车子，当天都可以来回，每辆车子是一块钱。至于土匪，以前是出城门就保不住会有，现在绝对没事。我听了这话，半信半疑。不过最近有朋友到白马寺去过，我是知道的，且不问去龙门如何，我就决定了今天先到白马寺去。草草地吃了一些点心，由店伙雇好了两辆车，我和小李就于九点多钟出发。车子离开车站大街，穿过了一片麦田，先进了北门。这街虽是土铺的，两边的店铺，倒也应有尽有。东街上有几家古董店，我曾下车看了一看，十之八九，都是假货，连价钱我也不敢问。游客要在洛阳买古董，这应该找路子到古董商家里去看货，好东西是决不陈列出来的。出东关，经过一座魁星楼，到东大寺，这寺，也是唐代建的一座大丛林，现在却剩了一片瓦砾。寺旁有破的过街楼一间，旁边树立一幢碑，大书夹马营三字。士大夫之流，对于这个地名，或者有些生疏，可是爱说赵匡胤故事的老百姓，他们就知道，这是赵匡胤出世的地方。当年宋太祖作小孩子的时候，常是和那些野孩子在这里胡闹，后来他作了皇帝，在开封登了基，想起年小淘气的事，还回来看看呢。在这街口上，有个宋太祖庙，是后人立的，据说里面有一间屋子，就是赵家母子安身之所。如今只有大门是完整的，里面住了些和赵匡胤倒霉时候相同的人，也就无须寻访了。由这里坐了车子，顺了大路走，约莫走了十里路，车夫忽然停下车，指着很深的麦田里说："先生，可以看看，这里有古迹。"我心里想着，这麦田里哪有东西？上前一看，麦里横着一块石碑，上书"管鲍分金处"。管是指管仲，鲍是指鲍叔。鲍叔说管仲穷，分钱给他用，历史告诉我们，这是真的。不过鲍叔分钱给管仲，是不是在大路上干的事，这可是个疑问。洛邑那是周地。管仲齐人也，是到周地来和鲍叔分金吗？所以这一处名胜，我打一句官话，应当考证。再过去五六里路，就是白马寺了。说起这处寺，真个也是提起了此马来头大。在这里，也就当先研究研究这个寺字。寺，在汉时，也是一种官署，并不是专为出家人供佛修行的所在。现时，我们在戏里头还可以听到，如大理寺正卿这种话。汉朝明帝的时候，印度和尚摩腾、竺法兰带了佛经到东土来传道。因为他们那些佛经，是用白马驮来的，因之万岁爷在洛阳西雍门外盖了一幢官舍，供应这两个僧人，就叫做白马寺。这寺虽是屡废屡建，但是佛经同和尚初次到中国来的纪念，考古的人，是应当来看看的了。那庙门三座，坐北朝南，也不见怎样雄伟。进门有一片大院子，左右两个大土馒头，这便是最初到中国来的两个和尚的坟，一个葬着摩腾，一个葬着竺法兰。正面大殿，有三尊大佛，两边十八尊罗汉。这罗汉是明塑，有两尊神气很好。殿外两厢配殿，正在修理着呢。听说戴季陶院长到过这里，捐了一笔款子，所以庙里又大兴土木了。庙后有个高阁，还有点旧时的形式，里面供了一尊二尺多高的玉佛，也是新运来的。高阁边，有个敞轩，游人可以小歇。在那里和僧人谈笑，知道这庙，在两年前，本来破烂不堪。自国府一度把洛阳作了行都，许多政府要员都到这里来过，觉得这里是中国佛教发源地，不应该消灭了，大家提倡复修起来，捐款很多，而且还在上海找了一个老和尚德浩，到这里来当方丈呢。关于白马寺的沿革，院子里碑上记得有，在此前一届的修理，在明朝嘉靖年间。大意说：

汉明帝永平七年甲子，四月八日，帝寝南宫，夜梦金人，上因君臣之对，遂使人至西域求佛道，乃得摩腾、竺法兰，帝大悦，至十四年辛未，敕于西雍门外，建白马寺以居之。唐时，规模渐废，宋太宗命儒臣重修，以后历有兴废，明正德年间更大为修理。嘉靖年记。

由这点看起来，因为这是佛教源流所在，历代都设法保存它的了。庙的左边，不到半里路，有一座汉塔，现在还是好好的。这塔六角实心，仿佛一条大钢鞭，竖在地上，倒和平常不同。塔在土台子上，有好些个碑石，竖在旁边。最令人感到兴趣的，就是大金国的碑。南宋时候，金人曾取得了洛阳。碑上刻了许多金国汉官名姓，这也可以说是汉奸碑了。塔边，有狄仁杰的墓。

游白马寺须知

由洛阳到白马寺，并不是大路，中间只有个十里铺地方，可以歇歇。那里茶馆子，用瓦缸盛着冷水，放在屋檐下，送给过路人喝。我们若怕喝凉水，那就另花二三十枚铜子，叫茶店烧水喝好了。可是那水很混浊，茶叶也有气味，最好是用水瓶子，在洛阳背了水去喝。水既不好，吃的自然也没有，所以又当带一些点心在路上吃。人力车夫到了白马寺的时候，若遇到卖凉粉、油饼的，他得和你借钱买吃的。那完全是揩油，你斟酌着办。

回到了洛阳去，时候还早，你可以叫车夫，拉你看看别处景致。据我所知道的，城里有中山公园（可以看点古物）、周公庙、邵康节祠、二程祠、范文正公祠。这一些，我只到了周公庙。庙在西关外，改了图书馆了。庙里唐碑最多，大大小小，有好几百块，多半是墓志铭。现在分藏在许多屋子里，嵌在墙上和砖台上。后殿有周公像，现在是图书馆办公的地方，不能去看了。游周公庙，还要在图书馆签名，不然门警不让进去的。游了这些地方，和车夫说明，加他二三角酒钱，他很愿意的。反正是一趟生意，乐得多挣几文。游客呢，也免得二次进城。

关帝冢

孙权杀了关羽，将首级送给曹操。曹操就把首级配个木身子，葬在洛阳城外。这冢，现时还在。游关帝冢，和游龙门是一条路，坐人力车，依然是一元钱来回。出南门，渡过洛水（过渡钱，人车一角），顺着大路前进，约莫十里路，看到一带红墙，围住了柏林，那就是关帝冢了。进门有道干石桥，先到正殿。殿上除了关羽像而外，根据《三国演义》，有四个站将的像。墙边放一把青龙偃月刀，长约一丈。刀形，是龙口里吐出半边月亮来，故名。后殿分三间：一是塑的行像，可以坐轿子出游的；一是看书像，一是卧像。这后面，有个亭子，靠了土墩，那就是首级冢了。庙里并没有僧道，现时归官家管理。

龙门石刻

出关帝庙，再南行，远远看到一带山影，那就是龙门。因为这里有北魏石刻，洞里又有许多前代人的碑记，所以有许多人不远千里而来，要看一看。其实，真要为游龙门而来，那会大大扫兴的。听我慢慢说来，到龙门约一里多路，有个龙门堡，开有茶饭馆子，可以在那里先吃东西。面饭倒是都有，只是一不干净，二又太贵，一个人吃点喝点，总要花一块钱。出堡，不必坐车，可以步行。前面就是伊水，在伊水两岸，东边是伊阙，西边是龙门。伊阙山不大陡，所以那边石刻不多。这边呢，在面河的石壁上，高高低低，大大小小，都就了山石，刻着佛像。顺了山崖走，共有石楼、斋祓堂、宾阳洞、金刚崖、万佛洞、千佛洞、古阳洞等处。只是一层大小佛头，一齐让人偷了去。小佛呢，连身子都由石壁上挖了去。到了佛崖上，仿佛游历无头之国，你说扫兴不扫兴呢？石洞以斋祓堂、宾阳洞最好，把山石凿空了，里面成为一个佛殿。宾阳洞外，有个石阁子，可以凭栏玩赏伊阙。《龙门二十品》在古阳洞顶上刻着，拓帖的人，要搭架倒拓，很费工夫。唯其是拓帖不容易，所以石刻还保存着，要不然，和佛像一样，早坏了。千佛洞万佛洞工程浩大，是在石洞壁上四周刻了无数的小佛像，然而现在也都没有头了。石像完整的，只有金刚崖，要爬崖上去，才可以看到。这也就因为石像太大，不容易偷割的缘故，所以还完整些。在龙门买字帖，也要带眼睛。洞里卖的字帖，多是用原帖刻在木板上，翻版印出来的，这是游人一个小小学识，顺此奉告。

洛阳并无秀丽风景

古人说得好，三月洛阳花似锦。洛阳这个地方，当然山明水秀，可爱煞人，何以我所记的洛阳，却一点描写也没有呢？我就说：古人所说的洛阳，到底是怎么样，我没有看见，我不能胡说，若以现在的洛阳而论，关于风景方面，实在没有什么可写的。就拿白马寺这条路说，所经过的，全是麦田。那道路有时在一条土沟里，有时在土坡上。只有人力车经过土坡上的时候，似乎有点儿趣味。因为这土坡纵切面所在，正有人开了窑洞门，车子在土坡上走，就是在人家屋顶上跑了。除了这个，再找不出有兴趣的了。向龙门这一条路呢，在洛阳的南关，有一条长廊巷，倒是特别。就是两旁人家，在大门外都有一截走廊。廊不很宽，约有四五尺，每截廊，都是四根黑柱子下地，截截相连，于是整条巷子，都有廊子了，这是别处所看不到的。其次便是乡下的寨子，我们由他寨前过，更看得亲切些，有那寨子筑得很好的，城外有壕沟，沟上还架着桥，那寨门的形式，也和普通城一样，不过小一点。在这一点上，我们可以想到河南农人团体是很坚固的了。此外，洛阳附近，并没有什么好看的山，洛河、伊河，都是黄水。龙门伊关，虽有许多古代建筑，却并没有深林茂草来陪衬，再说那破坏的程度也就只有增加游历家的不痛快罢了。

历史上的洛阳

洛阳既是并没有什么可游玩之处，何以名字这样的响亮呢？老实说一句，那就因了历史的关系。说起来话长。在周武王手上，他灭了殷朝，大概觉得西岐实在不如东边，就在雒邑做了房子，方才回朝。成王手上也照办，周公还把殷朝的九鼎，放在雒邑，到了平王，索性迁都到洛邑来过舒服日子了。那个时候，有两个城，一个叫王城，一个叫下都。汉高祖原也想在洛阳建都，被张良谏止了，可是还把这里叫东都。东汉世祖，就安都在洛阳。魏曹有五个都城，是洛阳、谯、许昌、长安、邺，可是到了还在洛阳住着。司马氏篡魏，由武帝到怀帝，都在洛阳做皇帝，这叫西晋。后魏孝文帝也是由平城迁都到此，过了好几代。隋炀帝手上，把洛阳还大大的建设了一下，叫作新都。唐朝，有东西二京，洛阳是东京。武则天做女皇帝，就由西安迁都洛阳。五代梁太祖篡唐，在开封登基，迁都洛阳。五代唐庄宗也迁都洛阳，叫洛京。一直到宋，大概是经过多年的兵火，洛阳糟蹋得不像样子了，才定都开封，把洛阳由东京变作西京。洛阳在历史上，作过许多朝的都城，所以念书的人都知道很有名了。此外割据分封，在历朝都是要地。依我想，那大概都是为了政治和军事的关系，才把洛阳这样抬起来的。原来的洛阳古城，离现在的洛阳，往东有三十里之遥，所以白马寺，汉朝在西雍门外，如今反在东门外二十多里。于今的洛阳，已不是周汉都城遗址。周城东西十里，南北十三里。隋朝最大，周围七十三里，唐朝还有建筑，到了五代，就残废了，在后周世宗手里，改筑新城，周围由七十三里改成八里，直到现在没有变更，这便是洛阳城有名无实的原因了。

由洛阳到潼关

我是个读线装书出身的人，中了线装书的毒，把洛阳看得过于重要，所以到西北去，特地在洛阳下车，勾留两天，现在既没有看到什么，我也就从此告别，在勾留的第三天绝早，上午四点钟，搭了由东向西的陇海车子前往潼关。在这一截路上，所过的十有九成是黄土山，不过山上还有草木，有时看到乡下人在土坡上挖一个洞进去，洞外一片平地，外面围着一圈土围墙。就是这样三五人家，配上几棵树，就成一个村落，倒也别有风趣。最妙的是大斜坡上，下面窑洞的顶，是中层窑洞的庄稼地，中层窑洞的顶，又是上层窑洞的庄稼地。这样一层一层推上去，有推到五六层的。所以在一方高原斜坡上，有时能容纳上百户人家，却看不到一间屋。火车呢，过了观音堂而后，大大小小，要钻十几个土洞子，车上电灯老亮着。就不钻土洞，车窗两面，没有山水和绿野，不是黄土壁子，也是高低不齐的土丘和土坡。到这里，我开始觉得有一种烦腻了。

其实，我真是少见多怪，假使要继续的往西走，比这更困苦的地方，那还多着呢。若要烦腻，只有回头向东走了。火车在烦腻的地方，这样的继续向前走着，直到坐在车窗子里可以看到黄河了，那就快到潼关了。因为到了潼关附近，铁路是筑在黄河边上的。

潼关是个有趣的县份

由西向东，由东向西的行旅商贾，都要经过潼关这个总口子，所以这地方是很重要的地方，在军事上，那更不必说。因为如此，旅客由火车上下来，这里检查得很严格。那种办法，是把旅客出站的栅棚栏给关上了，放进七八个旅客，检查完了，再放七八个。天气好是无所谓，若遇到大风大雨，那只好对不住了。这个地方，本来是个陕西门户，并非政治区域，原来叫潼关卫，由军人把守，到了民国，才改成县，所以许多老地图上，还找不出潼关县来。这里出城两里路，就是河南省境，出北门又是黄河，对岸是山西，因之这个县城东北两方是没有属地的。向南最长的属地，也只二十里，其趣一。听说全县有八万人口，县城里倒占有四万多人口，其趣二。潼关人民，都是守军后代。分为军人、民人两种，军贵而民贱，军人才算是本地人。许多军人跑到邻县去种地，他们可要向潼关纳粮，政治上也是潼关管辖，就是在河南境内也是照办。潼关虽小，倒有许多殖民地，其趣三。潼关名曰关，其实也是个很大的城池，依着黄河，靠着土山，锁住了来往的大路。东门在黄河边上，上面有两个字“潼关”。原来这地方，是山西、河南、陕西三省交界点，本来是相当的繁华，自从陇海通路到这里，立刻在西门外辟了土马路，差不多的东西，都可以买得到了。

潼关的风景

潼关这地方说是襟山带河，其实那山是焦黄的土山，有些地方，开了层层叠上去的块田，便是西北特殊的景致，自潼关以东，便没有了。潼关城西角，有山叫麒麟山，顺着四周，层层向上，开了田一千多亩，这也可见这里的土山，不是东南山谷那种形式了。这山上明朝筑有山河一览楼，现在倒坍了。但是这里还留有一个钟亭，亭里有钟一口，是金代大定二十九年，河东北路姓杨的人铸的。明朝万历年间，黄河大水，把这钟涌到了潼关，本地人以为水能涌了铁走，这是奇事，叫这钟作神钟，盖一个亭子，把它悬起来。这钟打一下三省可以听到。这倒不是神话，因为潼关在三省的交叉点上，自然钟响三省可听到了。这里最好的风景，要算在北门城上看风陵渡。看官在地图上可以看到，黄河自绥远由北而南，到了潼关西方，忽然一个大转弯。这转弯的北岸，就是风陵渡，归山西永济县的地界。对岸相望，看到几户人家，一些船只，夹在那狂流浩浩，黄沙白日当中，这和在江南看江景又不同。江景是白浪翻腾之中，烟草迷离，云树苍茫。这里呢，一片黄水，两头是天，天也是雾气腾腾的，带点儿黄色。若是有船过河呢，那船既宽且短，上面车马拥挤，在黄河沙泥里，弯弯曲曲，慢慢过去。若是加上一轮西落的太阳，仿佛人转生太古时代去了。以我在各处看黄河而论，我觉得这里第一。风凌二字，有人写作风陵，说是女娲氏的坟，因为女娲姓风也。这当然是靠不住的一个故典，因为女娲这个人，到底是有没有，就大有问题呢。关于这一类的荒唐故事，变成的名胜，还有一处，就是这里东街上的一株古槐。《三国演义》上有一段趣史，说曹操在潼关遇到马超，马超一枪刺去，刺在槐树上。马超问："曹操何在？"曹操说："曹操在前面。"等马超由槐树上拔出枪尖来，曹操可就去远了。这一株替曹操受刺的槐树，就是现在这一棵。树已然不长在街上了，树下地基，被人家占据了。左边是家广货铺，右方是家生药铺，树干嵌在墙壁里，树头由屋顶上伸出来。树虽不是汉朝的，大概至少是宋元的，因为在那墙壁上暴露出来的一部分，不到半圆，已经一人不能伸手比齐了。树顶大部分枯了，另外有些青枝。当我参观这树，和它拍照的时候，有一只大鹰，站在上面，点缀得苍老入画。看官到潼关，要访问这株树，必得记住，在当地警备司令部对门生药铺里，不然，是无从查考的。此外，出潼关有个第一关，也可以去看看。在土山中间，破出一条路，两面土坡削立，很是险要。由这里弯曲两转，直到面前，有个鼓楼式的关门，门向西面大书“金陡关”三字额，向东一面，又写作“第一关”了。关外二十多步路，立有一块碑，上刻五个大字“秦豫交界处”。

华山之游

由潼关到华阴

潼关这地方是不足以勾留的。离潼关四十里的西岳华山，这可是中外闻名的好地方。读《旅行杂志》的朋友，想到华山去的人，大概是不少。我是专程去过一趟的，可以详详细细把经验写一写，作为将来游人的引线。游客在潼关，先当买双布底鞋，预备上山，其次，便是预备一根手杖。至于其他应用的东西，在郑州那段游记里，我已经给诸位开上一张账单了，这里不赘。再者，中国旅行社，有《华山路程图》，一毛钱一张，也当买一张。最好买一本《陇海铁路旅行指南》，那书上关于华山也说得不少，可以参考参考。由潼关到华山，坐汽车可以到山脚玉泉院，坐人力车同，坐火车只能到华阴。

我到华阴去，坐的是每日一次的材料车，车价三角五分，现在已经有特别快车了。华阴站，只有一间卖票房，站外是无所有的。火车到时，有推小车赶脚的，在空地里，预备送人到玉泉院去。人力车，这里不大看见。我下车时，因为在车上，临时遇到四位游华山的游客，邀着同伴，他们有不愿骑驴的（而且驴也不够我们应用），将带的行囊交给小车推着，步行到华阴县去雇人力车。这里进城约莫有半里路。殊不料进城之后，街上冷冷清清，只有几个驻防兵来往，并无人力车。一直跑到西关，才找着六头驴。直到后来我由西北东回，坐汽车路过华岳庙（离县城五里），才知道一切买卖，都在华岳庙，人力车大队人马也驻扎在那里。由华阴到华山脚下玉泉院，共是八里路，平平坦坦，步行也没有什么吃力。驴价很便宜，两头一角五分。小车走一趟，也只要四五毛钱。

玉泉院午餐

为什么将玉泉院午餐作题目呢？因为上山的人，必定要在这里下汽车换人力车，再换轿子上山。就是不换代步，然而上山由这里起头，也应该做一个准备。所以索性趁了这准备的时间，就在这里打尖了。就以庙宇而论，这也是华山第一个道院。院门坐南朝北，进了大门，便密遮遮的是丛乱树林子。据传说，这里有六棵无忧树，但是我在树林里找了半天，也找不出一棵奇怪的树，同游乱猜的人，究竟也不知道哪几棵树是。在树林子西边，大石块下面，有一道清泉，流着淙淙的水，这就是玉泉，华岳的水，到这里就算出山了。水边树下，有一个石舫，两方被树挡着，若不留心，就看不到。舫很小，看过颐和园的石舫，这也就无足为奇了。再向西有个小石头屋子，叫希夷洞，里面有陈抟睡觉的铜像。华山这个地方，带着道家的臭味很浓，尤其是陈抟这个人，乡下妇孺都知道，他们顺口都叫陈抟老祖。这玉泉院就是宋朝皇祐年间，为陈抟建筑的。所以这里，特别有陈希夷的睡像，因为他生平好睡，一睡五百年，也是人人知道的。院西，有一带曲廊，通着山阁子，在那里看华阴以北，平原无界，倒也大观。在水池子上，有一块很大的石头，完整无缺，在石头上盖了一个亭子，叫山荪亭。人家都说，华山的石头好，这块石头，是先给游客报个信了。转到正殿，中间立有很高的牌位，写着“西岳华山之神”。旁边有一副前清督学黎荣翰的对联，是“初地入神山，到此且厉餐酌水；丸甸通古塞，望中见归马放牛”。这倒是实话。因为到华山五峰，只有一条路上去，这一条路的谷口，就在玉泉院的右手，这里真是第一关，那上联也就说得清清楚楚，到此且厉餐酌水的了。当我们到了后殿，院里的老道，也就出来相迎。开了西边的厢房，让我们进去坐。这里三间房，两明一暗，中间陈列了桌椅，两边屋子里摆两张大木头炕，炕上铺着蓝布被条，四四方方的长枕头，这是很显明的表示，这里乃是变相的旅馆，可以让游客安歇的了。那老道先烧了一壶茶来，后来又问我们是吃了饭上山呢？还是煮点儿面吃呢？出家人倒真是客气，仿佛可怜我们似的，要布斋给游客吃呢。可是游客倒不可大意了，这也是买卖。我们和道人约好了，就在这里吃饭，请他快点预备。那老道听说，亲自到厨房里去催取，不到一小时，东西就办来了，有炒粉条、炒酸菜、炒鸡蛋之类，另外两大盘黑馍，各人一碗挂面。口味，自然是谈不到，饱也就勉强可以吃饱，所以不能吃苦的先生，最好是多带罐头了。吃过了饭，我们一共是六个人，送了老道三块钱，他虽不说少，也不曾怎样表示太多，大概我们所送的钱，那是适得其中了。在我们吃饭的时候，玉泉院附近，那些做抬轿生意的人，早就来了二三十个，散在院子里等候生意。我们吃完了饭，他们就围着来说生意。说了许久，由玉泉院到青棵〔柯〕坪，每名轿夫价洋一元一角，每乘轿子，轿夫二人，另外有背东西的夫子，照轿夫半价。玉泉院到青棵〔柯〕坪是二十五里，坐轿是到这里为止的。由青棵〔柯〕坪上去，轿子也不能抬，勉强要坐，在险要的地方，要把轿子拆了，到平妥些的地方，安上轿杠再抬。而且那条路，是险要地方居多，有轿子坐的时候也少。所以坐轿子上华山，不必论地点，当然是到青棵〔柯〕坪为止的。说到这里的轿子，那也极其简单，就是两根木杠子架了一把靠背木椅子走。上山，人靠了椅背，下山，人倒坐着椅子，两只脚由靠背缝里插出去，人在椅靠上，做凭栏看山之势，倒是很有趣的。

由玉泉院到青棵〔柯〕坪

现在该说游山了。出玉泉院不到半里路，就进了谷口，这里上山的路，就是顺了两山夹峰里的山沟，弯弯曲曲地往上走。先到的张超谷，说是南汉的张超住在这里，现在全是乱石。过去不多路，石壁上刻了三个大字："王猛台"。说是当年王猛在华阴屯，在这里筑台点将的。由这里去，山路开始险起来，轿子常是在极窄的山崖路上走，上起山来，人几乎可以睡在椅子上。因为路总是离不开山涧的，在山涧里看到有一块大石，其大如屋，略像一条大头鱼，是光绪十年六月六日，山水冲下来的。后之好事者，在石头上凿了石鱼两个大字。石鱼过去，是第一关，轿子穿过一个石门，上前不多路，便是三圣宫。由谷口到这里，只是五里，轿夫要歇一歇的了。华山上的小道观，多半没有正式的大门，路边就是大殿。轿子歇下来，老道就请你坐下喝茶，摆出那列入古董之列的果盒来。果盒里大概总是胡桃、花生、干红枣这一类东西。有的放些不大卫生，年岁很老的糕饼，当然以不吃为妙。走路口易渴，茶虽不好，也要喝。喝好了动身，我们不给钱，对老道说："下山再给。”老道连说：“不要紧，请便。”这并不是老道特别大方，就因为华山上下是一条路，游客下山，非回到原路不可，所以他落得大方。我们为了这个，也就免得来回给两次钱，这是游客必知的一件事。三圣宫之后，路慢慢地高了，也就走到了石壁中间。迎面石壁上，露出了一个崖，崖里有个长的缺口子，长约十几丈，是希夷峡，土人叫“老君试凿”。说是老君磨好了凿子要开华山，先在这里试一凿子，一凿子下去，就凿下这一二十丈〔长〕、七八尺阔，这么一条缝来。陈希夷死后，原来葬在峡下，从前有石坡子垂了铁链可以上去看看，老道就指着他们老祖的尸骨化钱。明嘉靖年间，有姚一元这个人，用石匣子把它埋在玉泉院。前清手上，石匣被水洗刷出来了，陕西抚台，依然把它送到峡上去，而且把铁链子断了。加上山洪几次大发，把路冲了，于是这希夷峡就只能望不能去。过去，是莎萝坪，已走十里，轿夫二次歇肩。进了谷口以来，就在山缝子里钻，或走在涧东，或走在涧西。到了这里，山谷忽然宽阔起来。据前清名士抚台毕秋帆的笔记，说这里有莎萝树一块，绿荫占两亩地，还有很清的泉水，现在都没有了。在这里，有个坐西朝东的道院，门口挂着“莎萝坪”的匾额。坪这个字，就是说平坦地方的意思。所以有“坪”字的地方，便是上山一个休息处所。道院这里也可以打尖寄宿，不过是上不上、下不下的地方，打尖寄宿，都不合宜。在莎萝坪下面，是一条宽山涧，对岸山壁上，是大小上方。大上方在山顶上，看得不大清楚。小上方在石壁中间，离地有四五十丈的所在，就山石凹凸的部分，盖了几间屋子。在屋门口坠下一条铁链约七八丈，由铁链子下端达到石壁凿的石级上，若是我们估量看，大概都不能爬，可是有人说，那里住了一位八九十岁的老道，一天不知上下几十次呢。由这里去，要经过白鹿龛、白蛇出洞、十八盘各名胜。白蛇出洞在几十丈高的石壁缝里伸出一个石蛇头来，远望非常的像，我那工友小李看到，失声大叫长虫，长虫，他倒以为是真的呢！再到毛女洞休息。这里，不过一个小道院在路边上，没有什么奇怪。可是由这院后，在丛草坡上，斜斜地上去，高到白云深处，那是毛女峰。相传秦始皇死后，在提去殉葬的宫女里面，有个宫女，不堪忍受这活埋的痛苦，由骊山跑了出来，躲在这山上，吃树叶喝泉水，遍体长了绿毛，在唐朝还有人看见，所以叫毛女峰。峰上有毛女祠，原来有石级有铁链子，人可以爬了去，现在石级坏了，铁链子也断了，没有人敢去了。轿子由这里再进一站，就是青棵〔柯〕坪。这里，是在两山合缝，一个山鼻子的下面。所以山涧由左手绕出来，上去不再有宽道了。半个峰顶，上下有两个道院，一个叫西道院，一个叫北道院。在北道院门口，向下望来的路，直伸进山底缝里去，小得成一条沟。抬头望后面的小峰，一个套一个，直像插进天云里去。紧靠着道院是后面一个小山锥，就是画家画山水的那个山鼻子，在那山鼻子上，长了许多青苍的老树，一峰直上，很有画意，只是用摄影机不好照。图上两棵树后的山影那就是的了。我们的轿子，歇在西道院门外，我们照例受这院里老道的招待，喝茶擦脸，轿夫到了这里，他还不住地兜生意，说是上面过了若干里，还能抬。这话切不可信，带轿子上去，那是白花钱的。我们打发了轿夫，单留下三个背夫，代扛干粮水果之类。背夫所以比轿夫价廉，就因为吃喝住宿，都是我们的。过了这里，上山非手脚并用不可，绝没有余力可以再拿东西。甚至于身上衣服脱下来，还得人代背着，所以这背夫一项开销，又是千万少不得的了。

回心石游人回心

由青棵〔柯〕坪东行，绕过了一道山洞，路就小了，常是乱草把路挡着。那路也是一步高似一步，弯曲了南去。慢慢地走到石壁下，迎面伸出一个石头嘴子，上面刻了“回心石”三个字。经过这石头嘴子，在石壁上，也新刻有这三个字，修理山道的人，对于这里怎样的注意，也就可想而知了。为什么叫回心石呢？原来走到这里，石壁迎面而起，已经没有了路。在山壁下，有一道没水的山沟，大小石块，在里面横七竖八地立着。要由这里过去，在光石壁上，凿着几个人脚迹，也横了一道铁链子，手扶铁链，那里可以去。此外在几块大石头上，大步也可以跳过去。那边呢？正是一道石壁的缝里，非转过去看不到前路。胆小的游人，或者筋力不够的，在这里望望那高的青天石壁，只好回去，所以叫回心石了。不过来游华山的人，都有点冒险性，真正回心的却也很少。

第一道险路千尺幢

回心石那地方，虽然是险，不过几步路，心一横也就过来了。转过了石嘴子，无论什么人，就得啊哟一声。原来这地方，并不是路，也不是山坡。经我仔细地观察，我有点明白了。乃是几万万年前，这山壁上，裂了一条暗缝，一线直上。后来上华山巅的人，找不到路上去，就利用了这条暗缝，窄的地方加宽，塞的地方打通，陡的加曲，就借了原来的地壳，一层一层凿了石头坡子，让人上去。在这石砌下面，抬头向上一看，青隐隐的，不见日光。那种逼陡的程度，不亚于我们在家里靠墙的梯子。好在这石缝不大宽，两个人同走，就有问题，而且两边都悬有铁链子，两手抓了铁链子，总不会跌倒。我上去的时候，索性两手扒着上面的坡子，这倒也无所谓。爬到半中间，回头看看，下面同来的人，面目都有点儿看不清，这倒有些害怕，继续的向上走，石缝窄得刚容一个人，而且也格外加陡，伸了身体上去，豁然开朗，仿佛是上楼的人，进了楼口一样。看官看看我照的那张影片，有个人由地里露出半截身体来，那就是幢顶，又叫天井，这可见我不是撒谎吧？

在这缝口上，有两扇铁板门，到了晚上就要盖上。华山上下只有这一条道，也就只有这一个门，要说咽喉要径，这里可真有点像华山的咽喉了。在这洞口上，是上下两条石缝相接的地方，闪出了两个屋子那么大一块平坡。压着下面山缝口，盖了一间石头屋子，叫灵官殿，有两个老道在里面住着。在这块平坡上，摆有两张桌子，是老道预备下给行路人歇脚喝茶的。以这个地方为界，下面来的一条山缝，叫千尺幢，由这里上去，叫百尺峡。

百尺峡内惊心石可惊

百尺峡叫个“峡”字，那倒是很对的。千尺幢这个“幢”字的用意，可就有些不懂。至于千尺百尺那四个字的形容，也不十分相合。千尺幢的石头坡子，是四百九十几个，高约六百多尺。百尺峡虽只有八十多个石头坡子,每个坡子的高度，相隔很远，也绝不止百尺。不过在上过千尺幢之后，再走这短程的险路，那就轻松多了。百尺峡，也是一个石缝，不过千尺幢的石缝，有时连上面都遮住了，深入石里。百尺峡倒有一线天光，比较亮些。在进这峡不过两三丈的地方，有一块扁扁的大石，有几万斤，从上落下，嵌在石缝中间，看那相嵌的地方，兀自有好大的裂痕，人呢，偏是要由这块嵌空的大石头下钻了过去。假使那大石落了下来，那是一种什么情形呢？因之这块石头上，就题了“惊心”两个大字，这倒货真价实，一点也不夸张。在石头另一方，却又刻了“悟心石”三个字，这当然有些宗教意味，仔细想想，也很有道理。

老君犁沟又一陡壁

出了百尺峡，可以走几步平路，然后随着山峰或上或下，或左或右，抬头一看，有一幢崭新的庙宇，附着在石壁上，那是群仙观。在青棵〔柯〕坪望北峰，看到半天里去，有点点房屋影子，就是这里了。华山上，绝少有见方十丈的平地，容许人来盖屋子。这群仙观在北峰峰脚下，正是极陡的所在，本不容易盖房子。可是这里的老道，硬把石头在斜的石壁上，支住了一条长方形的地基，上下两层盖了二十来间屋子，工程很是不小。观外就是万丈深岩，在高低不齐的屋墙外，配上几棵老树，那风景是很好的。由百尺峡到这里，已出了一身臭汗，而且观后又是陡壁，走到这里，非有长时间的休息不可。等精神略略复元了，顺着观墙一步一步地爬上石壁去，这里是北峰第一险道，名叫老君犁沟。其实，这不是路，就是在峭壁上，横着开了石头坡子。左手是脚插不下去的高岭，右边是望不见底的深崖。就在这峭壁下挂了一条铁链，让我们手扶铁链上去。这里不像是千尺幢，那石头坡子有时是一层跟着一层，有时四五步路，才有一个坡子。尤其是那最陡的所在，坡子只有半边，平常石头坡子容两只脚，这只好容一只脚了。我倒给它取了个名字，叫做半边梯。在这种地方，本是停留不得，可是由群仙观到老君犁沟，共有五百七十多层石坡，每个坡又相隔不近，一口气如何爬得上去。不但是两腿酸麻，就是这两只手抓住铁链子久了，也是汗向外冒。所以我爬的时候，只有三五十个石坡，必定停一停，喘过那口气。同行九个人，除了那三个背夫，他们比较自然外，我们都是力尽筋疲，谁也跟不上谁，拉成一条很长的线。甲喘着气，回头望望乙，问道怎么样？乙也喘着气回答，有点吃不消了。不过这险路虽走得吃力，想起生平不曾经过，那又极为有趣。所以大家走走，还带着谈谈笑笑。我生平游历，喜欢独来独往，但是像游华山这种地方，我就不主张一个人出游，游伴是越多越好，因为借着大家谈笑的工夫，可以把疲劳忘记一些了。直把这陡壁爬了一个够，迎面有块石头，刻上了“老君犁沟”四个字。背夫说，在这山崖下，有老子犁沟的痕迹，但必定爬着石崖伸头去望。这自然是一种荒唐的神话，我们一行人不要去听，只在这块石头下，稍微歇了一歇，继续得向上爬。于是老君犁沟这条险路，告一段落。

猢狲愁祀孙悟空

我常说中国的神佛偶像，十有八九，出在《封神榜》和《西游记》小说上，稍微有知识的人，决不能信。华山这座山，自汉朝以来，就让许多江湖术士拿去做了幌子，说是神仙出没的所在。在汉朝的时候，大家都说轩辕在这里遇仙。到了唐朝，轩辕隔得太远了，就说老子在这里修道。到了现在，老子又隔得太远了，于是乎就大捧陈抟。一个陈老道还不够，就不免找出许多理想上的神仙来凑趣，所以封神榜上的人，在华山上，是走错了路都可以遇到他的偶像。这也是因为这座山是老道霸占了，道家出色的人物，就很贫乏，不得不借重小说家笔下的角色了。我为什么这样说，就是到了猢狲愁，产生的感想。猢狲愁这地方，爬过犁沟就是，山壁直上到顶，在那下面，有条曲折的路，行人由了这路走，可无法走到猢狲愁。至于所以有这个名字，相传以前有许多猴子走到了这里，也爬不上去，特表而出之，也是形容人不能上去的意思。在这路口上，有个土地庙那样大的神龛，里面供了四尊偶像，乃是孙悟空、猪八戒、沙和尚、唐三藏。孙猴坐在中间，下面有一木牌，写明了“齐天大圣之神位”。我那工友小李看到，他大为抗议，说是齐天大圣怎么样子大，大不过师父去，怎么唐僧倒坐在旁边。何况孙猴拜佛求经以后封了战斗胜佛，齐天大圣这个名号，早由玉帝取消了，乃是非法的，不能用。

这抗议，不知他向谁提出，然而可见得这山上的老道，胡闹得他们的信徒也有些怀疑了。

北　峰

上华山，是由北向南的，所以华山五峰，总是先到北峰。照着华山五峰而说，以南峰为最高，西峰为最幽深，美丽可就是北峰了。他这个峰，虽是五峰最低的一个，可是一峰独上，四面都是悬崖，尤其是北面，可以用句文言来形容，乃是拔地而起。可是朝南的一方，在半中间，却又渐渐地倾斜着。在这里，抱着山腰子有一条路，一直到峰前。远远看到有个牌坊，上写“云台第一门”。门下，是一块完整不缺不裂的大石头，石头宽约两丈，此外自然是悬崖，在石头上，有铁链子的栏杆，开了石头坡子，直向一座道观而去。这道观叫云台峰，远望着，一层屋脊高似一层，好像有好几进呢。我们来了，一位有胡子的老道，直迎着我们到大门外来。这里一个山顶上的庙配着两三棵老松，一株零落的古柏，在夕阳影里，我真觉得是一幅画了。我们受着这老道的欢迎，走进庙去。这庙的构造，是华山上最妙的一处，它完全在这条山脊梁上，一层层的向后作去。这山脊梁有多宽呢，不过三丈多罢了。这观里每进都是三开间，不够宽的，就在两边崖壁支起木柱子来，用板子铺着，将平面加宽，所以中间，尽管是平屋，不上一步梯子，两面全是楼。我们到的这天，游人很多，老道将我们迎到前楼来住。这楼，与正殿地平线是平面，下头可是庙门洞，又成了前是楼后是平地了。我不是谈这道观的房子，我是说由这点看来，可以想到这道观是在怎样陡峭的地方建立起来的。这前楼中间是食堂，两面是客房，每房两张大木炕，一桌两椅。我们一行六人，分住着这两间房。另外三个背夫，他们另有老道招待。这一天的游程，就此完结。

北峰之夜

游华山的人，第一晚上，总是住在北峰的，这北峰的饮食起居，当然有描写之必要。在我们将行囊安顿以后，又来一个老道，胡子长些，身上穿的那件蓝布道袍，也整齐些，似乎是个当家的。向我们同行的人，一一都道过了辛苦，这就吩咐小道士们打水洗脸。于是有个穿短装的老道，头上戴着一块瓦式的道巾，打热水洗脸。盆倒是瓷铁的，只是毛手巾黑一点，也给我们一小块肥皂。两个屋子里，送有两壶茶，自然是茶末子泡的，我带有茶叶，请他另泡了。同行的那几位上海朋友，他们是小开一流，带的吃物很多，已开始吃糖果冲牛乳喝。屋里昏黑了，中间点了一只蜡，两屋却是煤油灯。我踏着楼板，看到石块墙上，映着这烛光，又是古装的老道，穿来穿去，我这份儿感想，只觉得特别，可没有用笔写出来。休息一会儿，短装老道，就请我们去吃晚饭。在正殿边，有个较大的山楼，里面已有两桌游人吃饭了。我们单吃一桌，菜是两碗萝卜片儿，两碗豆渣似的豆干片儿，两碗酸菜，一碗金针炒粉条，一碗萝卜片儿汤，每人一大碗黄米饭却共用两盘子黑馍。我想这四位小开，怎样下箸？然而他们也是早就预备好了，拿了三只罐头来，乃是栗子烧鸡，红烧牛肉，不必说吃，只把眼睛瞧瞧，先就咽下一口唾沫下去了。老道所做的菜，不但是不能充分的搁油，便是盐也有点舍不得多放。所以我愿把这菜单子开出来，提醒以后的游人们必得带罐头。好在我也当过不少日子的穷小子，吃饭不论粗细，倒吃了一碗半饭，找补一碗小米稀饭。饭后各自回房，便倒上炕去。这炕是木板上，铺着一条薄薄的蓝布褥子，还有一条红布盖被，虽是也薄点，却幸不十分脏，只是这枕头是木头做的，实在不受用，只好将衣包袱拿来一用。这时，墙外面呼呼作响，有了大风，本来山峰这样高，便是没风，我想空中也不能太平无事。当那窗板格格作响的时候，我想着，若不是这屋子罩着，在这几千尺高，两丈阔的地方站着，那怎么得了？假似风大，把这屋子吹倒了，又怎么办？我幻想着，有点害怕了，于是下了炕，推开木板，伸头向外看去。面前便是插天高的一座山影，下半黑沉沉的。平常看山，不怎样怕人，这可有些让人不大安神了。在山影子左右，配上几点星光，我觉得我在天上了。将窗户关着，再上床睡，便又是一种感想。在这里，我得倒补一笔，就是洗脸之后，都洗过了脚，因为脚上出的汗和细沙混成一片，脚上又凉又不平。这时躺在炕上，脚不凉了，可是由胯骨以下，有形容不出的一种酸痛，伸了腿不舒服，缩了腿更酸。盖的被既暖和了，华山上的小动物——“骚”字右边那吃人的东西，开始动员了，始而只在边疆上，如两腿两臂上，小小侵略，我虽派了五个指头去围剿，可它们化整为零，四处狂窜，后来直入胸腹，我十个指头就疲于奔命了。没法，索性不管，睡了再说。可是，云台峰的真武宫内，道爷们又做晚课了。锣鼓钹、大铃，一齐发声。我敢断言，这声音在北峰前后十里之内，这样夜静，谁都听得见。我这卧室，离宫只有一个大井，能不有所闻吗？不知道是我疲乏极了呢，还是那吃人的小动物，被法器惊散了呢，还是道爷这晚课的功用，等于陈玉梅的催眠曲呢？我终于是失了一切知觉。

北峰最高处

北峰之夜，虽如上面形容，那样不堪，不过这情形总是特别的，人生有这么一晚，足够事后去咀嚼。若是那锣钹改为木鱼，我想那趣味是更深长了。我们睡得早，起来得也早，五点半钟就各下床，六点半钟，吃过了早饭。我们商量之下，付给了老道六块钱，以为老道或要争论，他却多谢了。原来全华山的老道，以北峰人为最多，而且也比较得有知识，据说，不是十分的钱少，他们不说话的。可是不要钱也不行，因为他们有二十多个人,全靠了游客的旅费过活。华山上不能种地，道观是没有庙产的呢。一路上山，曾听到背夫说，北峰有老君挂犁。我想着，便是神话，这犁也必定年月久远，趁了未出发之前，去看这老君挂犁，由这云台观穿过真武宫、三宵殿、吕祖殿，直达到庙后，由庙后出去，就是药王殿。在庙门口就是斜坡，砂石的地，光滑滑地走不上去，顺着这坡子，斜拖了铁链子下来。我们抓着这铁链子上去,便是一大石头山坡，在两面的古松，歪歪曲曲，杂着那纷披的长草，隔了那松树叶子，望那东方出来的鸡黄色太阳，有那微微的凉风在身上拂着，虽是身体极是疲倦，可是我觉得精神一振。在这小峰上，有块圆钝的石头，起着波浪式的皱纹，以我猜想，那是北峰的最高处了。在这里立着木牌，写明由陡坡下去，那是老君挂犁。那个陡坡的形式，倒像一堵墙的缺口，两手抓住铁链子下去，便是山峰下的一条窄路，直通到山峰的转弯处所，上面斜伸了几棵老松树，下面罩一个小小的神龛子，很有些画意。这庙后就是石头峭壁，上面挂着一把平常农家用的铁犁，这就是所谓李老君的挂犁了。我仔细端详了一会儿，决不像是一百年前的农具，而且那犁尖上的钢铁，还是雪亮的，这要说是春秋时代的东西，真有些可疑了。我且看看这神龛子里有些什么。伸头张望时，里面有个老君的偶像，在庙墙上有块石头刻的碑记，写明了“老君挂犁”，尾上记着，咸丰某年某月弟子某某立。我看罢，不觉呵呵大笑。跟我的小李，他也明白了，笑道：“这里老道真笨，既是说老君挂的犁，为什么又刻上咸丰年间这块碑呢？”

上天梯的前后

在北峰向对面看去，只见高岭迎面而起，有一条羊肠小道，顺着山脊梁一线，直上青云。在那半中间有个小小的房屋，仿佛是那神话书上的升天图，那就是我们的去路了。离开北峰的时候，我们同伴互相笑说着，腿酸还没有好一点，又要上这样的山岭，是否能达到目的地，自己可都没有把握了。去北峰不到半里，开始就扶着石岩上去。第一个地点叫铁牛坛。这里无非是路窄而已，还不曾见得十分险。又只半里，路到了尽头。路尽处，是一堵石壁，由下向上看那石壁的顶，很有些像人家的墙头。在这里，由上面垂下两根铁链，在铁链中间，有二十多层石坡。那种陡法，除了我们小时淘气，爬墙掏麻雀窠而外，生平可没有走过第二种这样的路。所幸这个上天梯，并没有千尺百尺，仅仅就是这二三十层石坡而已，把这梯子爬过来了，在那里可以向北看日月崖。所谓日月崖也者，就是在一堵无高不高的石壁上，显出两个赭色的印子，一个像半边月形，一个像圆太阳，我觉得也不怎样的像。由这里南去，经过金天洞、圣母宫、三元洞几个地方。这三个地方，都是在石崖上建筑起来的，我们都是穿了过去。过了这里，就是土人叫的阎王边，又有人说叫阎王碥。不管是边或者是碥吧，顾名思义，其要命也可知。这里的情形，和老君犁沟又不同。犁沟悬崖的一方，深而不陡，路也不是一直的。我曾在阎王边上面，向下进行的照了一张相，看书的将上面的情形玩味一下，也就可以想到这“阎王”两个字的名实相符的。

苍龙岭

这是华山最有名的一个地方，所以有名，让我慢慢说来。我们经过了那一尺宽的阎王碥，约莫有一里路，就是太华峰龙门，龙门也是一个庙，就是人要上山，必须由这庙里的小夹道中爬坡而上。出了龙门，开始踏着苍龙岭。这地方，俗名又叫鲫鱼背，那是再形容得相像也没有。由青棵〔柯〕坪上山而来，无论地方是怎样的陡，只有一面是悬崖，一面是陡壁，或者凿了壁走，像千尺幢、百尺峡是。或者贴了壁走，像犁沟、猢狲愁是。只有这苍龙岭，两面都是悬崖，一条三里多路长的峭岭，拱起鲫鱼背来，让人在上面走，两面是一点什么依靠也没有。假使窄狭的地方，在两边向下一望，胆小的人，真会晕了过去。传说唐朝的韩愈游华山，到了这地方，因为有点感触，就痛哭起来。自唐朝以后，就开始随岭凿了石坡，而且后来慢慢在两边竖了栏杆，加了铁链，到了现在，这才可以让我们从容过去。还有一层，在别的险要的所在，游人一鼓作气，就可以冲了过去。但是走苍龙岭可就不行。因为这地方，共有三里路长，把它当鲫鱼背吧，游人恰是由尾巴那个所在，跑到脊梁上去，高而且长，走一程子还得休息一会儿。于是游人就感到游华山的好处，不但是越走越险，而且是越险越伟大，越伟大还是越不敢睁眼胡张望。我虽是走得十分的疲乏，有了这种感想，也就相当愉快了。

金锁关

走完了苍龙岭，就到了五云峰，这是上下两条山岭一个交界的所在，游人到这里，两腿麻木，周身出汗，心跳口喘，必得休息休息，找点水喝的。这里一个道观，坐南朝北地开着门，门口便有杈丫的老树，铺着一块绿荫，凉风习习的，正好歇脚。观两边悬岩，全是几百年的老松树，在树杪上向下望去，黑雾沉沉的，猜不到那是什么所在了。绕到五云峰后面，便是铁手坡，在那里可以看仙人掌。仙人掌的构成，和日月崖一样，乃是黑影的石壁上，直升入半天里去。在那里有五道高低不齐赭色长印子，分叉上伸，好像人的手印。因为那样高的所在是人工不好做作的，于是生出了许多神话，名之为仙人掌了。再由这里过去，就是鸡盘架，这个地方很有趣，一向却不见到游华山的人提起。先是由一个小石嘴子下去，有个亩把地大的山谷，谷里涌起些石头，仿佛是人家花园堆的假山。绕个弯，上了这堆石头，再绕个弯，又跌下去。下去不算，第三次上坡，才算到了直前的路。这石头堆里，很挤窄歪曲，有几道铁链，人扶了链子左右上下，闹个不停，说是鸡盘架，倒是形容得尽致的。这就到了金锁关了。这关的形势很好，在一条直线的石坡上，是一个峰头。这峰头只北通下，南通上，东西两边，都是深崖，就在这里，盖了间石头屋，两面圆门进出，很像平常的关口。这门塞死，里面四峰，和外面的北峰，就不相通了。因为这个缘故，这里乃叫做通天门。经过了无上洞，就到中峰。

中 峰

中峰又叫香炉峰，在一个山腰的道路上，立着道观的大门，门就对了山腰的壁子。后来我们全部考察了一下，这并不是山腰，乃是中峰和东峰相联系，这中峰的峰头，只在东峰的半腰。这大门所对的,乃是东峰向北迤来一部分。中峰的峰头,让庙宇盖住,已经是看不见了。这庙跨着南北两个小峰头建筑,却是很巧妙的,全是将下层的平地,和上层的平地,改造成楼阁的样子来。由南面的石梯,转到了前殿那里供着《封神榜演义》上的凌霄、圣母等三位女菩萨。殿上有暗楼,在楼梯边贴了字条:"由此拜活娘娘。"这"活娘娘"三个字,太可注意了,我告着奋勇,在颤巍巍的暗梯上,摸着上楼。其实这里也只有一尊女菩萨的偶像,那个字条,显系老道骗乡愚的。在这殿外,就是斜伸出去的一个山尖,一块完整的石头,平坦可步。站在这石头上,四处一看,西边一只山头,像鳌鱼头,那是西峰。东边一带横峰,从中露出一个顶子来,那是东峰,这一个峰头,便显得低了。我们因了三个背行囊的引导,在这里吃午饭。这里连豆腐干也没有,米既是十分粗糙的,菜里头几乎可以说不曾搁盐,因之我们都没有吃饱。不过他们这里的休息地方,布置得很干净,推开窗户,下面是深壑,对过是西峰之壁,风景很好,由金锁关上来,人是累极了,在这里喝碗水,歇歇腿,却也不妨。

中　污

这个名称,念起来有点拗口,这是由于李攀龙的笔记中的话，削成上四方，顾其中污也。“污”这个字，在这里不当污秽说，当着低凹的地方说。因为东西南三峰，像三个指头，直立起来，谁不靠谁，在这谁不靠谁的中间，自然是凹下去的，这就叫中污。由南峰南去，不是北方的路，只管向上了，这倒要一步一步下去。中间一条道，就在东西两峰的脚下。因为这里是低洼的地方，三峰里的水，都向这里灌注。所以到了这里，也开始听到那潺潺之声。两旁山壁下，草木都长得很密，尤其是西峰的山麓，一层一层的树，直推到顶上去。一路行来，都是又陡又险的地方，到了这里，可以让游人便步走去，而且是树影泉声，耳目一新，当然是这地方可以有名了。由华山脚下到中峰，全是一条路，并不分岔，唯有到了中污，方才分开来。这里有两条路;一条是由西峰到南峰去的;一条是由东峰到南峰去的。游客无论是先东后西，或先西后东，都可以转半个圈子，依旧回到这里下山。不过为了回程不再上高峰起见，却是先到东峰的好。因为回路由南峰到西峰，是由山梁上过来，还是渐渐向下呢。若是先到西峰，那么，要由南峰下来，再向那逼陡的高峰走上去，那就劳逸不均了。我们所走的这条道，就是由东峰而南峰，再到西峰去的。

东　峰

经过了中污，达到东峰的脚下，我们抬头看去，光石头的山壳，一直到顶，大概又须重重地劳累我们一番，我们于是随便在石头壳子上坐着，先转过一口气来。在这地方，石壳上现出了一丈见方的一个池子，里面盛满着绿油油的水，有道士在那里洗衣服，离着这池子不远，另有个小池子，上面树有木牌禁止洗濯，想必是饮水池，那水的颜色，可不大好，于此可以想到华山纵然奇绝妙绝，对于泉水这一项，是令人不无缺憾的。休息了片刻，在那光石头壳子上，踏着凿的坡子，扶着架的铁链，就继续登山。东峰的形势，仿佛是人倒插了一只巴掌，向南有两个子峰，是食指与拇指。向北虽也有高下的峰峦，却是相连，而我们所上去的路，就是中指拱起所在了。踏着一半路的所在，石头坡子就向里弯转着，在这个地方可以休息五分钟。游客到这里向上下两面望着，只有在石壳上架着的铁链，是可以帮助上山的，此外是一棵长草可抓着的都没有。当那铁链子中断的所在，遇到光滑的石坡少不得用手扒着。我因为想起故乡一句土话，宁肯走一步歇一步，却不肯扒，看到朋友扒着石板走的时候，我不由得哈哈大笑。他们问我笑什么，我可不肯说。为什么不肯说呢？原来我安徽故乡的土话，乃是乌龟爬石板，不是路。再上去一半的路，便到了峰庙所在。庙是坐东朝西的，庙前仅有几棵老树点缀着，并无什么特别之处，那道观后，一条弯曲的山脊，满带了青葱的颜色，缓缓地高而北去，上面还有几处景致，同伴的想到还有西南两峰没去，却是望而却步了。

鹞子翻身

站在东峰的道观外面，向南看去，在这下面，有一条横峰，完全是朱肝色的石面，而且两面削成，由宽而细，是个锐角形，长得是非常奇怪的。在那尖角的所在，盖有一个石头亭子，那叫下棋亭，相传陈抟和赵匡胤在那里下象棋，赵匡胤下不赢陈抟，就把华山输给他了。这当然是神话，不去管他，可是那亭子里真有一块石头棋盘，一副铁铸的棋子，每个棋子都有茶杯大。又相传把那棋子偷一个回家去，可以生儿子。但是生了儿子之后，必得将棋子送回。可是偷去不生儿子的呢，也许懒得将棋子送回，所以相传到了现在，棋子差不多没有了。这都是耳闻老道说的话，是否可靠，不得而知。又一说，那是秦昭王派工用钩梯上华山建筑的铁亭子，是卫叔卿的博台。话虽如此，秦朝的建筑，能这样保留到现代吗？当然也不可靠。再说那下棋亭虽摆在面前，可是在这里悬崖之下，相隔有二里地，便是做鸟雀飞过去，也得要相当的时间呢。然则到下棋亭偷棋子的人，又是怎样去的呢！有倒是有一条路可去，叫做鹞子翻身。这鹞子翻身，就在东峰的道观墙角下，是个悬崖的缺口所在。这缺口下有一串铁链子垂了下去。平常的悬崖，有的看得见底，有的看不见底，然而下脚的所在，必然可以看见的。这鹞子翻身却不然，这崖上悬下去的铁链，也看不到一尺长，下端怎么样？没法子知道。据替我们背东西的伕子说：我们手盘住这链子吊了下去，脸是朝外，但是身子由崖口下去之后，必须翻着向里，用脚去摸索石壁上登踏的地方。等到脚踏到实地之后，才两手挨次的盘了链子下去。因为这样，所以叫鹞子翻身，其实倒不很深。他虽这样的说了，可是下脚的地方，眼睛看不到。眼睛所看到的，是比东峰远出一二里路的下棋亭，至少是比这里低下去五百尺。我们一行人商量之后，得的结论是：假如愿意自杀的话，那法子也很多，不必在这里实行呢。

南天门与念念喘

东峰下来，向对过走去，石壁歪曲着，长草塞了路，始而好像是很荒凉。朝南望，有一幢正在重修的道观。面前有所石坊，上面大书三个字“南天门”，奇观又在这里了。由这里的玉女宫进去，便是神妙台，乃是个平面的石峰，约莫有两丈见方。这石峰下面，云雾缭绕，略微看到一些深青色的影子，那是山谷，或者是丛林，都不好分辨，文言文里，有“下临无地”四个字的成语，若是借到这里来用，却也千真万确。加之这个小小的峰顶，又是在一排山峰突出来的一小尖角，只觉那半空里的风，呼呼地向着身上吹来。我经过了华山这些个险地，也总算是有些经验的了，可是我只敢在石峰的中间站着，稍微前进一点，不但是我心房里有些呼吸不灵，感到空虚，便是我这两腿，也不懂什么缘故，只管瘫软下来。这台叫着神妙，真个有些神妙了。台的左边，便是东峰的峰脚，右边呢，是南峰的后背。这南峰之背，由天上直插到深崖下去，其陡险也不待言。那山背和这神妙台，却隔了一条山沟，不知古来是什么好事的人，却由这里架了一道双板木桥，渡了过去。木桥底下，那是不能看的，看了只有发晕。然而这还不算，渡桥过去，就到了“念念喘”了。写到这里，得先解释这个名字，据本地人说，“念念喘”是陕西土话，害怕的意思。我想，“念念”大概是说一呼一息之中的念头，“喘”呢，就是喘气了。解释了这个名词之后，便可以写这里的形状。它是在像城墙似的陡壁中间，横插了若干根铁梁，每根梁的距离，总有四五尺远，在铁梁上面，架着一块其宽不到一尺的木板。木板里面，石壁上也凿有一条路，这“一条路”三个字，不是信笔写的，真正是一条。最宽不过一尺，窄处只有三四寸，和那木板共并起来，不能过二尺。木板底下，自然是空的，空到看不到下面有什么。外面虽也有栏杆，那栏杆的立柱，也是相距四五尺一根，也决不能遮拦什么。石壁上原有铁链，可是在半中间又断了。在这个地方，看上面的石崖，抬头应该会掉下帽子，看下面的深壑，只有黑影，人扶了那城墙似的石壁，踏了这架空万丈、其宽二尺、闪闪要断的板桥，这是一种什么境味？当时我看到，固然捏一把汗，事过半年，现在我提笔写到，还是在悠然神往之下，两脚发酸呢。念念喘，的确是念念喘。这念念喘的木桥栈道，约有四五十步，尽头是朝元洞。因为我们不敢走那木桥，洞里是什么情形，不得而知，当时有和我同行的背夫一人，自告奋勇，扶着石壁去了。我们看见他钻进石壁一个洞里去，却在这洞下三四丈低的石壁里冒了出来。那里有石桩，叫好汉桩，他拍了那桩几下，表示他是好汉了。他回来说，洞里有石桌、石香炉，供的有三清像，下面那个洞，是由上面这个洞坠下去的。何以在那地方，会有这两个洞，若说是人工做出来的，这人工可就不小了。最可怪的，是在这朝元洞上面，石壁之上，凿有“全真崖”三个大字。那个地方，便是会扒壁的猴子，也没地方可容手脚，更不用说凿字，古来又没有飞机，这凿壁刻字的人，是怎样的去动工的呢？再推想到这面前的栈道，最先要安排的是那几根横的铁梁，人如是不能飞的话，在什么地方走过去，又在什么地方立脚，把这铁梁插进石壁去？当然，我们不能相信老道们那些骗人的神话，料着当年布置这处险景，总有个巧妙的施工法。若是我们的祖先，肯实实在在的，把这架高空万丈的栈道工程写下来告诉我们，这是一件很有价值的事。于此也可以看到我先民伟大的精神，并不让现代西人的种种探险。然而我们的祖先，费了绝大的力量，自己不要功劳，把这笔账情愿写在神仙名下，埋没了我们先民的伟大不要紧，还要坚固后人的迷信心，真是一件可惜的事。

神妙台之燕

在神妙台，还有两件有趣的事儿，可以写一写。其一，是我们脚站的所在，靠东一点，叫做一块瓦三间屋。这个解释是：因为这上面一块板平的石块，下面有个洞，以前有道人在里面住着。那里很大，隔了三间屋。一块瓦，就是一片石也。其二，便是这里的燕子。跟随我们的背夫，他说这里有许多仙家养的燕子，我们四处张望，并不见有，不肯相信。他说，平常是不出来的，假使我们用敬神的黄表去引它，它就出来了。当然，我们都要试验这话是真是假，立刻拿了二百钱，叫背夫到前面庙里去买黄表。他将黄表买来了，用手撅成蝴蝶那么大一块，向空中抛去。因为这里是突出的石台，下面其深无比，在我们脚下，风就很大。黄表是极轻的薄纸，在空中，被风一刮，就飘飘荡荡起来。虽然黄表有时比我们人还低，然而总是在半空里的。果然，只在这黄表飞出去有百十块之多的时候，也不知道一群燕子由哪里来的，发出唧唧的声音，七上八下，乱扑着这黄表。偶然看起来，好像神秘，其实仔细一推想，这也很平常。这些燕子，都在石壁小洞里做窠的，这样高山深壑里，风很大，平常寻食，必在下面，所以人看不到。现在放出去许多的碎黄表，它以为那是小虫儿，就追出来扑捉。假使不用黄表，而用别的纸片，我想一定也可以逗引它。只是我们身上没有带纸张，只好罢了。不过燕子飞过许多山峰，却要到这个不大容易觅食，而且温度很低的山壁上来合群而居，这是一件费解的事。

南　峰

华山五峰，南峰为高，这是人人知道的。南峰又有五个小峰头，名字是松桧、落雁、贺老石室、宝旭、老君丹炉。我们所到的神妙台，就是贺老石室上面。由这里向西，第一步到了松桧峰的金天宫。因为这峰最高，所以华山主庙也在这里。庙是坐南朝北，里面居然有比较宽大的院落。两旁配殿，走马通楼，楼通正殿。正殿上供着白帝的偶像，有一副对联是：“万古真源高白帝，三峰元气压黄河。”虽不脱道士臭味，却很雄壮。我们进得宫来，在东边配殿里休息，一个满脸烟容的老道，拦着他的卧室门坐着，门上有一副纸写小联，乃是：“君子休跨入门内，高人请坐在堂中。”那屋门内，却是一阵阵的鸦片气味，向外直涌将来。不多一会儿，我们那三个背夫，都笑容满面地出来。华山有个最不好的现象，就是无论在什么地方，都有鸦片烟可吸。游人雇用的夫子，他总比你先跑一截路，为的是先找一个抽烟的所在。当你行到中途，想在行囊里拿点儿什么，背夫早背着走了。所以在玉泉院雇伕子的时候，必得仔细看看，是不是瘾士之流，不然，在路上会很生气的。我当时笑对老道说："这门联得改一下，改成'若到屋内来，非瘾士即君子。只在堂中坐，这游客岂高人？'再送一只横额，'卧餐烟霞'。这不也是道家语吗？"老道似乎有点论语派的幽默，向我作了个会心的微笑。言归正传，南峰是华山的主峰，东西二峰，拱立左右，在本身看不出所以然，将四周的环境一看，便见得这里是非常的雄伟。只是松桧峰本身，树木很多，不易眺望，因之我们出门，上西边的落雁峰。

落雁峰

这个峰，俗名叫仰天池。我们折转着上了峰顶，乃是嵯峨不平的石面，人站在上面，却情不自禁地会弯了腰。这原因是地方太高，容易教人自己震慑不住，二来也就是风不知由何而来，吹到人身上，让人不能自立。所以游客到这里，不能久站，总是坐观。这里有件奇怪的事，便是这石顶上，却有一个一丈直径的水池，水作黑色，并不怎样的干净，水有多深，因为我们没有带着棍棒，没法测验。不过这山顶是高于一切的，并没有别处的水流来。纵然有雨水落在这池里，也不能持久，可是这池里的水，是终年不干的。有这点缘故，道家很附会其说，是有仙气，志书上，也记着是仙人的太乙池。我想，这和那平地的突泉，其理由或者多少有些相同。我生平很少研究地质学，不敢强不知以为知，希望将来有地质学家来游此地，加以说明，在石头上刻下来，这比在老君挂犁的所在，挂上一只十八世纪的木犁，那是有意义得多了。在南峰附近，小名胜很多，有老君丹炉、老子峰、避诏崖等处，都是道家的点缀。只有避诏崖略微有点意思，是在山涧壁上，一个半露的洞，好像个鸟窠，得爬绳上去，相传北周的焦道广、宋朝的陈抟都在这里面养静，陈并且是在这里躲避皇家诏文的。

石楼峰

由南峰到西峰，这就痛快得多了。在落雁峰上，看到有道山梁，一直向西北去，在山梁上有石栏和人行路，仿佛是第二个苍龙岭，那就是到西峰的去路。其实等我们下了南峰，走上山梁，那就比苍龙岭平正得多，只是这条路上，石头很奇怪，都是半大不大的，变化着各种形式，由各个姿势看来，可以让我们用各种物件去比拟。华山本以石名，论华山之石，大概又要以西峰为最妙了。度过这道山梁，首先让我看到的，便是一堆其大如楼的石头，据传说，这就叫石楼峰。在石楼峰下，有个圣母洞。

西　峰

西峰也叫莲花峰。因为这山峰上的石头片，长得像莲瓣上伸的缘故。不过这到近处看，已经不容易分辨出来。这峰下有座道观，是圣母宫，宫外有株将军树，已是毁于雷火了。这庙也是毁于火的，现在正修盖着，还未完成。说到圣母宫，这又是个荒诞不经的事。读者若看过《宝莲灯》这出戏，刘彦昌唱着："我本当带岑香〔沉香〕前去偿命，想起了三圣母送红灯。"便是这位圣母。据说圣母是二郎神的妹妹，刘彦昌赴京赶考，误投妖店，蟒精要来吃他，于是三圣母送红灯引他出来，二人自由结婚。因为不曾履行合法手续，不合于民法，结婚须三人以上之证明，玉皇大怒，处她无期徒刑，关她在莲花峰石头里。她产一子，名叫岑香〔沉香〕，叫山神送给了刘彦昌。后来他和异母弟秋儿，打死秦府官宝，那偏心的父亲，放走了他，他上山来得了神仙之助，变成了雷震子那个模样，和他舅父大战，劈开了石峰，救出了母亲。玉皇大帝最是狗屎，见他有能为，不但不说他反动，倒说三圣母劫数已满，便特赦了。天上那条民法，不必经妇女们请愿，就这样取消了。这故事须不是我瞎说，西峰上有块石头，长数十丈，断为两截，刻得有字，是斧劈石，便是岑香〔沉香〕劈的。石下有莲花洞，洞里放了一把长柄斧，重九十八斤，便是岑香〔沉香〕使的。有人说：九十八斤的斧子，和这大石相比，犹如灯草碰砚台，如何会把这山峰砍了？这只有问山上的老道，凡人如何得知哩？这宫里，还有红纸糊的几只花灯，可以点烛，我想，那就是红灯吧？三圣母也决不会再送旁人，不知老道备它何用？

西峰之石

西峰之石，我已说了，是很奇怪的。怪不在样子，怪在大大小小，都有不稳的状态，可是经过了无数的年月，动也不动。最妙的便是由石楼起，经圣母宫的西首，一条大石，和许多下面的石头，不相干，它伸着圆头，卧着平背，直到圣母宫后面去，这个奇构，在中峰、南峰，都可以看得清清楚楚，这圣母宫就在许多乱石堆下建筑起来的，在远处看实在是妙绝。由西峰东面下来，便回到中污，满山都是青葱的古树。在这树林中，还有不少的道观，然而要一一记起来，除了神话，没有别的，只好从略了。

下山纪程

五峰都游完了，就该回头了。由西峰到玉泉院，还有五十里，这天已经走了不少的路，当然不能赶下山去。我们一行九人，在太阳还有两丈高的时候，就回到北峰投宿。洗过手脚，天气还早，上海那四位朋友，发了牌瘾，便问老道有麻雀〔麻将〕没有。我猜必然是无，老道却笑着将牌盒捧出来了。他们不愿我孤单，非要我加入做盟不可。我并非不爱玩的人，赌可没有兴趣。经不住他们说在北峰打牌，是可以纪念的，因之我只好纪念一下了。下次有人到北峰，不妨照我这方子再来一回，藉减山中寂寞。次日，我们一早就下山，十点赶到玉泉院，吃完了午饭，一点多钟到华阴车站，坐三点的东行车回潼关。关于华山游记，到这里算完了，怕难的读者，看了一遍，也许不想去。然而我可以鼓励您一下子。举一件事为证：华山上盖庙，石头、木头有办法，瓦是非山下运去不可的，怎样运法呢？原来老道并不费吹灰之力，他等那烧香人来，让他自动的许愿，捐上若干瓦。到了还愿的时候，男女老幼，都用蓝布褡裢盛着瓦背上山去。至多的背二十五块，至少的是那小脚妇女，也要背七块。我亲眼看到那五十多岁老妇，脚小真只有三寸，撑着棍子，扶着铁链，背了一褡裢瓦，从从容容地走上苍龙岭。朋友，难道我们不如小脚妇人，难道我们的探险心，不如小脚妇人迷信心，好一个名胜，不可失掉了，到华山去！

潼西道上

渭南的一瞥

由潼关到西安，共须经过华阴、华县、渭南、临潼四县。这一截路，原来叫东大道，西北人都认为风景似江南。于今筑了公路，就叫潼西段了。当我到西安去的时候，虽然陇海路快修到渭南，可是向西去的人，还是坐长途汽车的多。汽车有官家的，有商办的，定价是五块多钱一张票，还只能带五十斤行李。每遇搭客多的时候，拥挤的情形，是不可以言语形容。好在陇海路现已通到西安，看了这游记的人，再到西安去，可以很安适地睡在火车卧铺上达到西安，对于那种坐汽车的生活，无须描写贡献了。我是蒙经济委员会一位卢工程师，将他驾来的坐车带我走的。据说，那汽车是宋子文先生留在西安的，其舒服也就不言而喻了。由潼关经过华阴是绕城而走，华县也不进城。在这一段上，向北看去，遥遥地可以看到渭河，向南便是华山，高低不齐的峰头，拖着向西南而去。偶然遇到成群的白杨树，也结成很丛密的林子。这里有两县，是列在第二期禁烟区，所以那时还有罂粟花长着。在日光底下，看那白色的花，一片雪光，紫或红的花，灿烂夺目，这就是像江南之处，假使这花不是害人之物，也很可赏玩的。汽车走一百四十里,到了渭南县,公路穿城而过。据陕西人说，这是东大道的一大县，街市虽不及潼关那样繁华，乡下人来往街上的，却是很拥挤。在县城的西头，设有汽车站，站里附有茶饭馆子，无论东来西去的客人，都在这里打尖。我们所打尖的那家饭店，四周的黄土壁子，空气不通，进去就觉闷人。光是那黑板桌上的油泥，便有好几分厚，初来西方的人，真是其何以堪？好在这又是后来人所不须经过的，也不必说了。

华清池洗澡

到陕西去的人，经过东大道，有两处地方，总是要去看看的，其一是华山，其二便是华清池了。无论经过什么浩劫，华山的五峰，始终是高入太空，而华清池的温泉，也始终保持四十度上下的温度，向上涌着。华清池在临潼县城南、骊山的脚下，西潼公路，正是经华清池公园门口过去。客车是不停的，包车坐的人，多半要停着洗个澡去。此处到西安一大站，将来火车通了，到陕西来的人，可以费很少的钱，搭车到临潼来洗澡，洗了澡再乘火车回去，碰巧，也不过半日工夫罢了。现在可以把华清池大概的情形，素描一下：在一片广场的南边，绿树参差的当中，映掩着几处楼阁，向一个铁栅栏的圈子门望进去，好像是一所园林。树木后面很高大的一个圆山峰，便是骊山之麓。只是这个山，不像华山有木有石，这是土山，微微的有些稀草而已。进了这园子门，便是一道曲折的水池，有道石桥跨过池去。池的正面，有三间玻璃窗户的水榭，岸后的杨柳，倒垂着枝条，罩着浓荫过来。水榭西角，有间亭式的粉壁屋子，在回廊转弯的所在，据传说，那就是杨贵妃洗澡所在了。水榭的东角，还有一所楼，可以转着走上山去，在山上，有老君祠，因为我看山不甚好，没有上去。在水榭后面，有一带屋子，便是浴室。这里的浴室，分作两种：一种特别室，要买票才可以洗澡，每人一元；一种是普通室，不要钱，游人可自由下水洗澡。至于普通和特别之分，就因为这特别室，里面预备着休息室，有炕床、清茶、围巾，还有人伺候，和都市上的浴堂，差不多。休息室里开着一门，门里就是浴池。这个池大概有三丈见方，三尺多深，池底是水门汀〔水泥〕铺的，四围是白瓷砖墙，很是干净。泉由池底南墙流进，源源不断，西北角有个出水的眼，当洗澡的时候，却已塞住。原来这里的规矩，一池水至多洗五个人，五个人之后，必定要换过一池，那眼就是换水所用。水的温度，比人的体温要高一两度，在这水里洗到十分钟左右，必定要出水来休息一会儿，不然，热气熏蒸，人受不了。和我同时下池洗澡的，共是三人，洗不多时，都是汗涔涔地站了起来。后人集句，说当日杨妃洗澡是“侍儿扶起娇无力，一枝梨花春带雨”。那真是一点儿不会错的。再说到普通室，是紧接着这池里流出去的水，温度和清洁，都差一点儿，不花钱之不大好，就在这一点。这池现归陕西省政府派有专员管理，男女分池沐浴，普通特别，都是一样，所收的费用，除修理华清池而外，并在这里设有乡村学校和果园，在这里洗澡的人，多少是帮助着一点建设费了。只是有一层，军政界，在特别室里，免费洗澡的，似乎还不少。

华清池的历史

在西北这地方，要找水木清华的地方，实在不容易，而况又是温泉，所以在历史上，华清池是向来被人称颂着的。原来这地方，叫“骊山汤”，在汉武帝故事、三秦故事上，都是用这个名字。在秦始皇手上，就盖有房子，到汉武帝手上加修。由此以后，历代都有建筑，隋文帝曾种过松柏千株，杂树为屋，已经很繁盛。到了唐朝太宗手上，先建温泉宫，规模还不大。

到了风流天子唐明皇手上，就改为华清宫，宫里分瑶光楼、飞霜殿、御汤九龙殿。这九龙殿，又叫莲花汤。安禄山这小子，没造反以前，在范阳刻了许多石莲花和鱼龙凫雁这些玩意儿进贡，唐明皇都让放到水里去，个个都像活的。水里又叠沉香木作假山，唐明皇坐了镀银的小船在水里玩。他又让贵妃在汤里洗澡，他偷着参观。因为这样一来，后人播之诗歌，就更有名了。这泉本靠着骊山，相传秦始皇阿房宫的大门，也就在这里，我们在这里洗澡之余，回想当年的繁华，都在那里，觉得人生真不过这么回事。

临潼名胜杂记

临潼这地方，除了华清池，有名的名胜还不少。我在五种志书上，找了以下各种名胜出来，原是抄个单子，预备自己去看看的，结果是一处没有去，于今将单子附在这文内，或者是个有意义的抄袭，以便游临潼的人，按图索骥。

庆山　在县东南三十五里，武则天垂拱二年，平地涌出，高二百尺。武氏名曰庆山。

鸿门坂　在县东十七里，汽车上可以望见，就是楚霸王宴刘邦的地方。

坑儒谷　在县西南五里，始皇坑儒之所。

鹦鹉谷　地点未详，据说山上有瀑布，水清。此说大概不可靠。

很石　在始皇陵东，相传葬始皇的时候，抬这石头要放在陵上，到了这里，无论如何抬不动，只得罢休。石高一丈八尺，周围十八步，像龟。大概是当年采而不用，刻龟不成形的石头。

历戏亭　周幽王死处。在县东二十七里，戏水之滨。幽王宠褒姒，举烽火引她笑，失信诸侯。后来犬戎攻幽王，举火不见救兵，为犬戎所杀。这故事就发生在这里。

骊山　就是温泉南方的那山。秦始皇做阁道八十里，由古咸阳（在西安之西）到骊山为止。在周时，骊戎人居此故名。偏东，就是骊戎国故城，骊山上，旧有老母殿，俗传骊山老母，也是这里的出品。

始皇陵　在县东十五里。历史上是很铺张的，项羽曾用三十万人发掘过，其后火烧三月。黄巢也盗过一次墓。最近考古委员会也想试试。

周幽王陵　在县东北二十五里。传说现在只剩下一个土丘，原来周三百步，高一丈三尺。

以上所举，都是很有名的名胜，此外还有新丰故城、始皇祠、太子扶苏墓、扁鹊墓、冯衍墓、唐朝三太子陵、黄巢堡，举不胜举。这些，在志书上载着，很觉引人入胜，可是实地考察，多半是渺不可寻的。纵然有，也就是荒土一堆罢了。

灞 桥

灞桥这两个字，那是充满着诗情画意的。古人所谓诗思在灞桥驴子背上，这灞桥是如何为人所留恋呢？这个桥，到西安二十里，据传说：有汉桥，有隋桥。汉桥已是不可考，大概也在附近略南。现在这桥，就是隋朝开皇二年建造的。到民国二十四年，已是一千三百四十五年了。在历朝，这桥不无小修补，但原形是没有改动的。桥形是平面，跨灞水两岸，由目力估计，约莫有三十多丈长，一丈四五尺宽，离水面，也只有四五尺。两旁有浅栏横卧，石条做的，不能俯靠，但可以坐。桥两头各竖有一堵牌坊，上书“灞桥”二字。桥下的河床，多半是浮沙，积为大滩，不大清的水，在沙滩中间，弯曲着，分了好几股流去，由建桥的日子到现在，河床垫高了许多，那是无疑问的，当年桥离水面，绝不是这样近吧？桥两岸，略有树林，杨柳占半数，在春夏之交，杨柳飞花，人行桥上，回想着那古代的风味，这景致是有些意思的。桥东头，有个小市集，约莫有百十户人家。在唐朝的时候，做官的人出都，把这里作头一站，送行的人都送到这里为止。所以在当年步着长桥，看着柳色，望着流水，那离别的人，是激增了不少情绪的。而灞桥也就因袭了古人这点情绪，为后人所称道。

距灞桥西方一里多路有河叫浐水，上面也有桥叫浐桥。浐桥形状，和灞桥相同，唯较短而已。因为有灞桥在前，所以把它的名号，就湮没下来了（在西安参观二桥，不妨坐人力车去）。

到了长安

街市的素描

陇海路潼西段，已经在民国二十三年十二月十八日，铺轨到了西安北门外，同时材料车也就随之开到，预定十二月二十五日，开始售票。以后到西北去的人，可以一直坐火车到西安，无论是去甘肃去新疆，总增加了不少的便利。那么，仅到西安去游历的人，也许会比以前多些，在这种情形下，把西安的现状写了出来，也许是《旅行杂志》上所必需吧？西安原是府名，现在应当复古，叫长安才对，应为长安县府，是在城里的，这里也可以说是长安县治。我那次坐汽车过了灞浐二桥，远望莽莽平原，露出一圈黑影，那便是长安城，这样的景致，在南方是不大容易看到。汽车由东门进去，东门外另有一道新筑的子墙，据说是民国十七年围城之后加筑的，也是本地人一种沉痛的纪念。这里的城楼，很高大，高到四层，很有些像北平的东直门、西直门，究不失为一个大城的外表。城里的街道，有新的，有旧的，有新兴的，鼓楼东大街完全是新路，宽有六七丈，是马路式的土路，有明沟，也有路树。两旁的店户，有平房也有楼房，如旅馆、饭馆、洗澡堂、汽油灯行（这是西安的特种买卖）、长途汽车行，都在这一带，大概是旅客集合的地方。鼓楼西大街，那是旧式的，街宽不过一丈多，汽车是刚好过去。两旁店户，十之八九是旧式的，大概是旧日精华所在，什么店铺也有。此外，便是新兴的建筑了。怎么叫新兴的建筑了？据传说，这里本是辟鼓楼东做新市场的。因为建筑得不坚固，地点也较偏，于是在几年之中，又把南苑门一带，拆除房屋，展宽了街路，这里的街道，虽没有东大街宽阔，但是日用品，都集合在这里，铺面也不少是按照东方式样的。除了这几处，便都是冷僻的地方。初到西方来的旅客，很有一种深刻的印象，就是这里街巷的墙垣，很少抹石灰的，一看之下，那淡黄的土色，由平地以至屋顶，完全一样。尤其走到那冷巷里，踏着香炉灰似的浮土，眼见前后左右，全是淡黄色的墙壁包围着，有说不出来的一种情调。从前到苏州去的人，总感到街道之窄，到北京去的人，总感到房屋之矮，是这一样的意味。

旅客生活指南

我在长安城内，前后差不多住了一个半月，当地人的生活，我虽然还很隔膜，可是怎样在这里做一个旅客，我是很知道的了。

这种旅客生活，后来者是必然所需要知道，所以我先就把旅客所要接触的各方面，分别的写在下面：

（一）旅馆　旧有西北饭店、大华饭店、西京饭店、关中旅馆，共一二十家。西北饭店，是首屈一指的旅馆，现在共有六七十间屋子，有楼房，有窑洞，有平房，并且有大餐厅。房间里带有铺盖。大华饭店，是次于西北饭店的，也有铺盖。旅客不带行李，以二处为宜。房金不带伙食，起码每日五角，多到二元五角，住久了，大概可以打个八折。带有铺盖，住关中等旅馆，那就便宜得多。五六角一日的屋子，就很可以住。旅馆都在东大街，很容易找。若是打算住久，可以到西北饭店后身太平巷青年会去。别处的青年会，都不许带家眷，西安的青年会独不然。所以在此地做事的东方人士，带着太太，多半住在青年会。房价分南北院，大概多则每月十一二元，少则七八元。伙食也可以包办，分十二元、九元两种。新近中国旅行社，已在北大街买了地皮，建筑招待所，那设备的完全，是可以预测的。不过我希望能够平民化一点最好，因为到西北去的旅客，苦人儿居多呀。

（二）饭馆　最大的是南京大酒楼，在西大街，中西餐都卖，取费很贵，小吃一顿，总要三四块钱。其次有大陆春、北平饭馆五六家。都在东大街，北平饭馆大小吃都便当，也有西餐。

住在旅馆，叫一菜一汤，带饭，大约六七毛钱。

（三）澡堂　此地旧式澡堂，很难进去，不但水坏，而且气味难闻。东大街新开有一品香一家，有瓷盆两只，较为洁净。房间每位四五角。

（四）理发　理发馆到处很多，各街都有。以南苑门两家、盐店街一家为最好，每人约三四角。

（五）邮电　邮政总局，在东大街，原来是每日五点钟以后就不收信，火车通了，大概可以改良。电报局在南苑门。

（六）古董　到西安来的人，总要买点古董字帖回东方送人。但是你若不是内行的话，这古董一项，最好不必问津。因为店铺里陈列出来的古董，十有八九是本店自造的。现在火车通了，需要古董的人增多，他们少不得加工赶造，花了钱，还要受人家暗笑，那何若。但是真东西也有，必须你和掌柜的认识了，到他们家里看去。这种古董店，分设有北苑门、南苑门。

（七）书籍　商务印书馆、中华书局、世界书局，都在南苑门，卖旧书的铺子，也在南苑门，笔墨纸张同。

（八）洋货　关于舶来品的商店，都在南苑门一带，日用品，大概都可以买到，但没有上等货色，而且价钱也很贵。西药、照相器具，也都以在南苑门购买为宜。

（九）银行　此处原只陕西银行一家，听说现在已经有中央、交通、农工几处分行了。银行都在城西盐店街。中央银行上海钞票可以通用，角票同。西北的币制，最为紊乱，几乎是走一截路，要另用一种钱。西安城内，除中央钞票外，便是用陕西银行钞票角票和富秦银号的铜子票、大铜子。

（十）娱乐场合　此地戏馆，有正俗、易俗等社，秦腔班三四家。正俗社是真正秦腔。易俗社就带一点儿改良性质。皮簧班，偶然也有，但是不受当地人欢迎，维持不久。电影院，有阿房宫一家，在南苑门，专映无声片。妓院在东大街开元寺内，妓多半是郑州转来之下江人，规矩不详。

（十一）字帖　在碑林外，有专售拓碑店四五家。

（十二）医院　齐鲁医院，在省政府前，比较组织妥善。

西京胜迹

这“西京胜迹”四个字，是本小册子的名字，乃张长工先生编订的。内容是将在志书上和在西安当地考查所得，约编订了有一万字上下的简记，大概西安的胜迹，都网罗无遗了。不过他所举的，仅仅是沿革，没有加以描写。我根据了他那小册子，游历一二十处胜迹，颇得他的介绍力不小，就借重他这名字，总括我这段琐文。

开元寺

这寺在东大街路南，大门对着街上，门里是片广场，广场正面是庙，两旁是环形式的人家门户，猛然一看，不过一般中产以下的住户而已,可是里面藏了不少的奥妙。在那大门上，有块“开元寺”的石额,下面有块木板横额,正正端端,写了“古物商场”四字。按理说起来，这开元寺是唐朝开元年间的建筑品，历代都增修过，说这里是古物商场，当然可邀初次西来的人相信。但是看官到西安,千万别见人就问开元寺在哪里,或者说我要进开元寺去，因为那两旁人家不是古物，乃是东方来的娼妓,稍微有身份的人,是不敢踏进这古物商场一步的。但是我因为听说这里面有塑像，有壁画，也许可以发现一点什么,就择了一个正午十二时,邀了一位教育所的凌秘书作陪,毅然决然地进去参观了。经过那广场,便是正殿,似乎这广场,原先都是殿宇，现在的正殿，已经是后殿了。正殿并不伟大，在佛龛四周，有十八尊罗汉塑像。其中有几尊，姿态很好，和北平西山碧云寺的塑像不相上下，我断定不是清朝的东西。不是元塑,也是明塑。有几尊由后人涂饰过,原来的面目尽失,大为可惜,然而就是我所认为姿态很好的,西安也很少人注意,始终是会湮没的。因为塑像这种艺术，清朝三百年来，是绝对不考究，所以没有好塑匠。我们把江南一带新庙宇的塑像和北方古庙宇的塑像一比较，那就可以看出来。清塑是粗俗臃肿，乱涂颜色，清以上的塑像，大概都刻画精细，饶有画意。开元寺那几尊罗汉像，绝无粗俗臃肿之弊，眉目也很有神气，所以我认为很好。在这正殿上，有座佛阁，四面是窄小的游廊，很有点明代建筑意味。阁里很黑暗，有三四尊像，是近代塑出的，无足取。

碑　林

这是西安最著名的一处名胜，在城东南，雇人力车，告诉车夫到碑林，就可以拉到，因为就是人力车夫，也知道这处名胜的。这碑林在旧府学里，现在归图书馆专员管理。进门在苍台满径的小巷子里过去，正北有个小殿，供有孔子的塑像，朝南有三进旧的屋宇，一齐拆通，一列一列地立着石碑。这里面共分着十区；第一区的唐隶；第二区的颜字《家庙碑》《圣教序》《多宝塔》；第三区的十三经全文；第六区的《景教流行中国碑》（大唐建中二年刻石），这都是国内唯一无二的国宝，在别的所在，是看不到的。这里的碑共四百多种，合两千四百多块。洛阳周公庙的石碑，唐碑本也不少，但这里的都出于名手，那是洛阳所不及的。文庙在碑林隔壁，顺便可去看看，里面有古柏几十棵，是西安第一个终年常绿的所在。

曲江与乐游原

曲江这两个字，念过唐诗的人，便会觉得耳熟。据传说，这里秦是宜春院，汉是曲江，隋是芙蓉池，到了唐朝开元年间，大加修理，周围七里，遍栽花木，环筑楼阁，可以任人游玩。虽不及现在的西湖，至少是可以比北平的北海的。唐诗上随便翻翻，可以翻到曲江饮宴的题目。就是唐人小说上，也常常提到这地方作为背景。我到了西安，就曾问人，曲江这地方还有没有？同时念着那杜甫的诗："三月三日天气新，长安水滨多丽人。"和朋友开着玩笑。朋友答复，都说还有遗址可寻。这在我们有点诗酸的人，就十分高兴了。在一天下午，借了朋友的汽车，坐出南门，在那浮尘堆拥的便道上，驰上了一片土坡，那土坡高高低低，略微有点山形，在土坡矮处，有几棵瘦小的树，映带着上十户人家，在人家黄土墙外，有座木牌坊，上面写了四个字"古曲江池"。呵！这里就是了。当时和两个朋友，下了汽车，朝了人家走去。人家在洼地所在，门口是一片打麦场，东北西是土坡围着，向南有缺口。四周看看一点水的地方也没有。至于那四周的土坡，只是些荒荒的稀草，哪里还有什么美景？但是据我的捉摸，这人家所在，便是当日曲江池底，由南去弯弯的洼地，正是引水前来的池口。因为由洼地到土坡上面相差有四五十尺，轻易是填不起来的。大概多少还留着原来一点形迹。我和朋友都不免叹了两声桑田沧海。在这曲江池的东南边土坡上，荒草黄尘，远远地看到西安城堞，在这黄黄的斜阳影里，说不出来是一种什么情趣。这地方就是乐游原，在汉朝的时候，春秋佳日，都人士女，都到这里来游玩。李太白的词上说："乐游原上清秋节，咸阳古道音尘绝。音尘绝，西风残照，汉家陵阙。"这似乎在太白当年，这地方已不胜有荆棘铜驼今昔之感的了。

武家坡

这三个字写了出来，读者不免要大大的吓上一跳，这不是一出京戏的名了吗？对了，这就是京戏上的《武家坡》。西安人很少舌尖音，水念匪，天念千，典念检。他们的秦腔里面，有一出本戏，叫《五典坡》，是演薛平贵、王宝钏的事，由抛彩球起，到算粮登殿为止。京戏可叫《红鬃烈马》。这五典坡，就在曲江池的南边深沟里。西安人念成五检坡，京戏莫明其妙的，就改为武家坡了。这一道深沟，弯曲着由西向东南，在北岸上，有三个窑洞门，都封闭了，传说那就是王宝钏为夫守节的所在。南岸随着土坡，盖了一所小庙，里面有王三姐和薛平贵的泥塑像，像后面土坡上有个黑洞，说是能够点了油灯照着向这里上去，另外还有一篇神话。其实也不过是看庙的人，借此向游人讹钱罢了。薛平贵、王宝钏这两个人，本来是不见经传的，这武家坡当然也有疑问。但是西安的秦腔班子，几乎每日都有唱《五典坡》这出戏的，其叫座可知，那故事深入民间也可知了。

雁　塔

在科举时代，恭祝人家雁塔题名，那是一句很吉祥的话。这雁塔在慈恩寺内，寺在曲江池西北角，到城约五六里路。这寺和别的寺宇不同的，就是在正殿之前，列着一层层的石碑，不下百十来幢。当唐朝神龙年后，选取的进士，都在这里碑上题上他的芳名。而雁塔也就因为这样流传士人之口，直到于今。塔在殿后高高的土基上，塔门有唐朝褚遂良的《圣教序》碑，并没有残破，也是为赏鉴碑帖的人所宝贵的之一。这个塔和开封的琉璃塔，恰好相处在反面。那琉璃塔是实心的，只在塔心划开一条缝，转了上去，所以塔里没有一寸木料。这雁塔却是空心的，倚靠了塔墙，四周架了栏杆板梯，临空上去。所以有三四个游人扶梯登塔的话，只听到，"登登"的一片踏木梯声，而且在上层的人，可以看到下层的人，便是其他的塔，也很少这种构造的哩。这个庙，在隋朝叫无漏寺，唐高宗为文德皇后改造过，改名叫慈恩寺，直到于今。

小雁塔

这塔在大雁塔西边，下面是荐福寺，塔虽有十五层，却比慈恩寺的七层塔矮小得多,所以叫小雁塔。这里有两种神话，说是地震一回，这塔就会裂开，再震一回又合起来。又庙里有口钟，是武功河边捞起来的，相传有女人在河边捣衣，声闻数里，于是就掘得了这口钟。因为“雁塔钟声”，是关中八景之一，所以在这里顺带一叙。

新城与小碑林

在西安的人，听到“新城大楼”这个名词，就会感到一种兴奋。便是国内报纸，每记着要人驾临西安的时候，也会连带的记上“新城大楼”这四个字。原来这是绥靖公署宴会的场合，要人来了，总是住在这里的。既是官衙，怎么又算西京胜迹之一哩？就因为这里是明朝的秦王府，四周筑有土城，土城里，很大一片旷地，是前清驻防旗人的教场，旗人也就驻防在东北角上。辛亥军事城里一场大火，烧个干净。民国十年，冯玉祥派人把这里重新建造了，叫作新城。到宋哲元做陕西主席的时候，更盖了一幢中西合参的大厅，因为下面有窑洞，所以叫大楼。合并两个名词，就叫新城大楼。大楼后面有个敞厅，里面立有大小石碑二三十块，其中颜真卿自撰自书的《勤礼碑》，最为名贵。这块碑，宋时，很多人模仿，元明就失传。民国十一年，在西安旧藩台衙门里挖出，虽然中断，全文不缺，据人推测，已埋在土中一千年了。小碑林里有了这块碑，所以这个地方，也成为胜迹之一。只是这在绥靖公署里面，地方太重要了，游人是闻名而已。

第一图书馆

到西安来游历的人，省立图书馆，那是值得一游的。馆在南苑门，交通很便利，里面分着古物书籍两大部分。我所看到的，有以下几样东西，值得向读者介绍的:(一)《八骏图》。这是唐代的石刻，乃是在大石块上浮雕起来的，一种古朴的意味，和近代的石刻异趣。其中两块，被人盗卖到国外去了，现在只剩六块嵌在东廊墙上。(二)宋版藏经全部，及明版藏经。这种书，国内别处，虽然也有，可是不及这里的多，满满的陈设了三间大屋子，据传说，有一万一千多卷。馆里对于这书，管理得很严密，非有特别介绍，不许参观。(三)唐钟。是唐睿宗用铜铸的，高一丈多，书画都完全不缺。现在东廊外，用一个特别的亭子罩着。(四)北魏造像。在西廊，另有其他许多唐宋石刻配衬着。(五)出土古物。也在西边屋子陈列着。

虽然不多，各代的都有。周鼎尤其是宝贵。（六）《汉宫春晓图》。这幅图，藏在图书馆楼上，要特别介绍，方能由馆中负责的人取下来看。画长二丈一二尺，阔一丈二尺余，上面所绘楼阁山水人物，非常细致。作画者为仇某，已不能记起什么名字了。据图书馆人说，这是明画。

华　塔

这塔本不怎么高，但是值得一看的，就是每层塔上，各方都嵌有一个石刻佛像。这是唐代的石刻，在这里可以和北魏的造像比较一下，研究研究这两个时代的雕刻如何。在第四层上，有个女像，据传说，是唐明皇为杨贵妃刻的。塔在书院街师范学校附属小学里，塔外围有一道矮墙，保护石刻，游人只能远看了。

莲花池

这池就算是西安的公园了，地址在城西北角，里面很宽阔。本来是明朝的水渠，后来干了。民国十七年，改为公园，栽了许多树木，南北两个池子，周围约一里多路，在池边树木里建了两三个亭子，为西安市上单有的一个市民清游之所。但是当我去游的时候，池里水干见底，很少情趣。听说西京建设委员会，要大大地修理一下，大概将来是会比现在较好些的。

西五台

这地方本不足观，但它很负盛名。因为那里有个大土楼，每逢旧历六月初六，有一度庙会，所以被人称道着。我在西安，震于它的盛名，也曾特意去了一次。这里更在莲花池的偏西，在很污秽的敞地上，一排有三个黄土台子。前面一个，上头有破庙一所，门口作了马营养马之所，当然是不堪闻问，最后一个，上面却有个更楼式的亭子。登那亭子上，可以望到西安全城。始而我疑惑，这里哪够算是名胜？后来向人打听，原来这是唐朝皇城的遗址，一千年以来，唐代宫阙，什么都没有了，仅仅就是这几堆城墙土基而已。

西安风俗之一斑

关于西京胜迹，那是书不胜书，我只到了这些地方，我也就只能描写这些地方。最可惜的，就是近在眼前的终南山，我竟不曾去走一趟。这并不是愿意交臂失之,因为初到的时候,赶着要上甘肃，回来的时候，又遇到天气十分热，只好罢了。现在还有旅客到西安，应当知道的一些风俗，拉杂写在后面。

西安人起得很早，在春天的时候，六点钟，就满街都是人了。便是住在旅馆里，七点钟以后，声音也极其嘈杂，不容人晚起。这自然是个好习惯，作客的人，不妨跟着学学。晚上九点钟以后，街上已经难买到东西。

西安人是吃两餐的，早餐大概在十点钟附近，晚餐在下午四点钟附近。设若你接到请帖，订着晚四点或早十点，你不要以为这是主人翁提早时间，应当按时而去。

西北人的衣服，都很朴实，男子有终身不穿绸缎的。近年来，年轻的女子，也慢慢染了东方人士奢华的习气，但是也不过穿穿人造丝织的衣料而已，到西北去的朋友最好穿朴素一点，可以减少市民的注意。若是你穿西服，无疑的，市人会疑心你是老爷之流。因为除了东方去的年轻官吏，本地人是绝少穿西服的。摩登少年也不过穿穿那青色粗呢的学生服，若在上海，人家会疑心是大饭店里的工友。如此看来，到西北去应当穿哪种服饰，不言可喻了。

某一个地方的人，必是尊重某一个地方的名誉，作客的人，在入境问俗的规矩之下，本不应该在浮面上观察过了，就作骨子里面批评的。陕西人爱护桑梓的观念，大概是比别一省的人，还要深切。到西北去的人，对人说，我们回到老家来了，西北人刻苦耐劳，东南人士所不及，像这一类的话，只管多说，不要紧。若易君左闲话扬州而兴讼，胡适之恭维香港而碰壁，都是忘了主人翁地位说话的一个老大教训。到西北去的朋友，对于这一点，是必再三注意之后，还要再四注意。

西北人的旧道德观念，很深很深，所以男女社交，还只限于极少一部分知识阶级，此外，男女之防，还是相当的尊重。客人到朋友家里去,不可以很大意的向内室里闯。像上海朋友，住惯了鸽子笼式的房屋，不许可人分内外，久之，也就成了习惯；到了北平，就常因走到人家上房，引起了厌恶；若到西安去，也要谨慎。再者，在西北地方，便是走错了路，遇到妇女，也不宜胡乱开口向人家问路，我亲眼看见我的朋友，碰过很大的钉子。

最后，说到方言这个问题，陕甘宁青四省，汉人都是操着西北普通话，并不难懂。到西安去，扬子江以北的各种方言，他们都可以懂得。陕西方言，大概是喉音字，发出来最重，如“我”字，总念作“鄂”。舌尖音往往变成轻唇音，如“水”念作“匪”之类。大概知道这一点诀窍，陕西话是更容易了解了。

西兰公路上

未行前的踌躇

当我西行计划开始筹备的时候，我就听到人说，那边的路不大好走，尤其是西安以西的路上。由北平到郑州，到洛阳，到潼关，都有这类似的话，送到耳朵里来。到了西安继续地把这话去问人，人家的答话，都是这样："以前路上是不大好走，这半年以来，太平得多了。"可是偶然又可以听到，什么地方有人遇匪，什么车子在路上坏了。于是我就找着极相得的朋友，去问他个究竟，他的答复是："这半年以来，实在是太平多了。不过由别处窜来，经过大路的歹人，也会偶然发生。这不一定西北，别的任何一省，也是有这种情形的。总而言之，半年来，是不像以前，常发生不幸的事。若说绝对的太平，谁也不能保那个险。"在我的朋友这样的说过，情形如何，心里是明白的了。但我原来的计划，是要越过甘肃而到宁夏、青海看看的，去甘肃有汽车可通，我都不敢去，那就太胆怯了。既是发生不幸，不过是偶然的，不见得我就碰上这种偶然的不幸。因之我把在西安所要办的事有八九成账了，我就决定顺西兰公路，直奔兰州。可是决定了走之后，还有困难，就是车辆问题了。因为西兰公路，还不曾修理完毕，也就没有正式的长途汽车可以载客，更没有组织的交通机关。普通都是一种运货车，兼搭客座，而且不能直达兰州，寻常都是由西安载客到平凉，平凉那里，有甘肃方面，经营的车子，再载客到兰州去。而且这样的客车又不是逐日都有，也许到了平凉，要等上若干天。这样各种不方便的消息，传入了耳朵，作长途旅行的人，真够不痛快。就是我的朋友也告诉我，搭货车去，恐怕我不能吃那种苦。当西北饭店后院，有货车开走的时候，他指给我看。原来就是上海市上那种搬运柴草的卡车，满满的堆着货担和行李，高到一丈好几尺，人就坐在货堆上。太阳晒是不打紧。西北的风土是很大的，由潼关到西安，坐着轿车，还满身都给浮尘涂漆了，这样西去，其不堪更是可知。然而这也不打紧。就是西兰公路，还有许多地方，不曾修筑，汽车经过坎坷不平的地方，整个儿车子，可以翻转，人坐的这样高，摔下来，哪里有命？路又不短，是一千三百华里，在路上遇到不好的天气，也许要走十天半月。我经过这样一番考察，只有扫兴的消息，陆续地听着，我真有些踌躇了。

咸阳古渡

多谢经济委员会西安办事处主任刘景山先生，和西兰公路总工程师刘如松先生。因为如松先生由西安到兰州去，视察路线，有自坐的汽车，两位刘先生商量之下，就把我带着去。他们除了坐的车子而外，还有一辆卡车，可以载运行李，并随带我的工友去，一切都非常的便利。在一个清明的早晨，我坐着上海新运到的道济汽车，出了西安的西门了。西北方面的城市，多半是在城墙之外，再加一道子城，这叫关，所以西北各处城市，除了东门、西门，还有东关、西关。在西安西门以外，西关以内，有一口井，这是值得记载的，便是全西安十三万人口，若要喝甜水的话，全喝的是这口井里的水。因为别处掘得的井水，都是咸的，只有这井水甜。出西关，便是大营，大营外，有飞机场，若是航空到西安去，在这里下机。由这里西去约十五里路，都还是秦汉都城。在公路之北，有一片黄土高坡，上面有几户颓墙破壁的人家，那就是最有名的未央宫故址，正和南门外的曲江池一样，是一无所有的。三十里到丰桥。这座桥和东路的灞、浐二桥相仿佛，略短一点。只是桥基的建筑，国内少见相同的，所有桥下面的桥墩，是用许多圆桶形的石块架叠起来的。过这里，是渭水东岸了，周的灵囿，秦的阿房宫、咸阳古城，都在这前后，现在可没有什么，不过一片平原，种着麦粟而已。四十多里，到了渭水河边，唐渭城，也在这附近。我们念唐诗："渭城朝雨浥轻尘，……西出阳关无故人。"那典故也就由这里产生。唐朝送人东出都，到灞桥，送人西出都，到渭城。现在的咸阳县城，移在渭水西岸，在渭河东岸，看到半环小城，顶着两个残破的小箭楼，那就是。

在咸阳城外，渭河西岸，立有一幢木牌坊，上写着咸阳古渡四个字。这咸阳古渡四个字，是含着多么浓厚的苍凉诗意呵！但是这渭水河，虽是姜子牙钓过鱼的所在，和我们理想青溪老石、游鱼历历可数的景象完全两样，这里是一片泥滩，湮没了西兰公路的路线，到泥滩上一看，那渭河由南而北微弯的流着，虽不曾发出什么巨浪，可是像黄河一样，流着很急的浪纹，向前奔去。水的颜色，也像黄河的水带着混浊的泥沙，黄中有黑，令人望着，生不到一点美感。河面却是不怎样的窄，约有半里，两岸没有山，也不见什么渔村蟹舍，东边是平原，西边是高原而已。河岸两边，都停有渡船四五只。这船和黄河的渡船，形式也差不多。是平扁的，舱面上盖着板子，骡车人担，一齐上船。船后有略高的一方舵楼，但是没有舵，将两棵微弯的树料拼凑在一处，当了个催艄橹，拖在水里。扶橹的汉子脱得赤条条的，不挂一根丝，口里吆喝着，当是指挥的口令。在他指挥之下，有四五个船夫，拿着瘦小的树干，当了篙撑。有时，撑篙的也就跳下船去，硬扶了船走。这样一道河面，往往是要一小时才能渡过，至快至快，也要三十分钟，这渡船的蠢笨，可想而知。我拟想着，古人造这种渡船，也许是用他们的舄来打样的，所以头尾都是方的。由汉唐到现在，大概这船都保持着它的原状，不曾改换，若说是古渡，也真可以称得起是古渡了。咸阳城外，临水有三五十户人家，映带着两个小箭楼，和一条混浊的渭水，旷野上的太阳，斜斜地照着,那种荒寒的景象,是深深地印在我脑筋里。因为“咸阳古渡”这四个字，老早唤起了我的注意呀。咸阳城内，还有不少的神话古迹，因赶着行路，没有进城去参观。

周 陵

由咸阳向北二十里，汽车走上高原，那是周陵，但是这不在西兰公路上，那是到三原去的公路所经过的一个名胜。我在由甘肃回陕西以后，特地去参观泾渭渠，曾瞻仰过一番，如今插笔记在这里。当汽车驰上高原的时候，渐走渐高，不见一点树木，只是那浑圆的土堆，高到四五丈，整幢房子那样大，三个一群，五个一排，散在广博无垠的地面上，那就是几千年前的古墓。由这古墓上去推想，我们就可以知道流出海外，辗转南北古董商人手上的那些古物，都是在这土堆里出产的。游人到此,正不可以小视了这穷荒地面上的黄土地，须知这里，不亚于西方小说上的金银岛，有人在未开掘以前，把这高原上的古墓据为己有了，他就是中国第一个大富翁了。在高原上，远远地看到一幢绿瓦红墙的新建筑，那就是周陵。假如事先没有知道周陵就在这原上，游人是要大大地吃上一惊的。因为这样穷荒得连青草都不能高上一尺的所在，实在不配有这样华丽的建筑呀。那周陵的大门，是具体而微皇宫式的，三座圆洞门。由侧门进去，里面是一座石牌坊，大大的一个院落。正中一座陵殿，并不怎样高大，殿中设着周文武的牌位，殿外东西两方，有厢殿，现在是县立小学所占有了。转过了殿后，一个平顶的墓堆，紧紧地对了陵殿的后墙，在墓前设着一幢大碑，楷书“周文王之陵”五个字。文王陵的后面，约有二百步的远近，那是武王陵。武陵的高大，和文陵差不多，只是陵前一片空阔，比文陵紧紧贴在陵殿之前，要好得多。陵前有条石板道，夹道立有二三十块小碑。碑上所记述的，都出自清朝人的手笔，而名士抚台毕（沅）秋帆的尤多。本来陕西的古迹，在近百年来，毕先生整理的不少，游陕西人是不能不知道的。不过这周陵究竟是不是真的，到于今还是个疑案哩。周陵的布置，不过如此，里面是一棵高到一丈的树都没有，新近栽了一些树苗下去，也不过臭椿之类，尺来高的干子，在稀松的草丛里摇撼着。这个地方，恰在高原上，很不容易得水，所以树木让它天然生长，是不容易的。假如要在周陵造林的话，我想必得多打几眼几十丈深的井，多用园工灌溉，至少经过三年以上，那才有希望呢。周陵后面靠北一带，古墓很多，相去五六里的所在，那屋高的古墓，相接连着，几乎有一二百家，这也可以说是古墓群了。

醴泉县

去咸阳西三十里，是醴泉县。这个县份，唐朝曾属于京兆区，后来西安建省会，也相去不远，而况又在大路边上，本来是相当富庶的地方。自从这二十年以来，在土匪手上，糟蹋过不少的时间，因之现在这城里头，只剩两条冷巷，黄土墙的人家，很零落地点缀着，竟找不出一家像样子的店铺。便是有两家半掩着木门的铺子，也不过修理大车和卖黑馍的人家，我想不到去西安只七八十里路，便是如此。这醴泉县的古迹，是以唐昭陵、建陵出名。昭陵在九嵕山，此去城五十里，建陵更远，去城八十里。据本地人说，唐朝一代有名的人物，很多都葬在昭陵附近，如李勣、李靖、魏徵、郭子仪这些人都在内。魏、郭的墓，现时还在。

乾　县

去醴泉又五十里，是乾县。前清立为直隶州，所以到现在，大家还是顺便叫一声乾州。这个县城，大概是西安西路，一个农商交易的所在，店铺很热闹，正中一条街，堆满了农家所用的东西，几乎只有两尺路可以走人。黄土墙的柜台，配着灰色的木板门，矮矮的屋檐，街两旁的店户，全是如此。往来街上的人，都是些穿了青蓝衣服的农人。据本地人说，乾州有个外号叫米粮川，因为这是农产很丰足的缘故。米粮川，人家也以讹传讹，叫美良川。那么，戏词上，常有所谓美良川，难道说的是这里吗？由西安乘长途汽车向西行的人，多半是在这里打中尖，这里有比较好些的饭馆子，可以弄出鸡蛋和猪肉来，若再向西，须要赶到五十里的监军镇才有吃的。出乾州北门，便步上高原，偏西五六里，是唐朝的乾陵，在汽车道上，可以远远望见，本是唐高宗的陵墓，据传闻，武则天也葬在这里。偏西，还有个唐僖宗靖陵。不过，我们只看到层层向上的农地，依着山梁子重叠着，此外看不到什么。这个开垦着农地的山梁子，是西北高原一种特有的现象，尤其是出了乾县的北门，只见左右前后的土山，重重叠叠，是方块子农地堆起来的，那是别有趣味。

八户人家的永寿城

由乾县西北行，公路是完全在高原上渐渐地高升着。其间经过两个小镇市，都荒凉得很。第三个镇市，便是监军镇。一条由东而西的街，约莫有百十户店铺，所卖的东西，和乾县差不多。在街的西头斜坡上有一幢瓦房，门口直立着一方“永寿县县政府”的匾额。我向着同伴的人打听，才知道永寿县去这里二十里，在半年以前，那里曾经土匪攻扑过多次，对于行政上多有不便，所以把县署移设到监军镇来。我一路行来，都是顾忌着有没有匪，现在遇到这般强有力的证据，自然是心里越发不安。因为所坐的汽车，在乾县耽搁的时间太多了，所以经过了监军镇，太阳便已偏西，到了永寿县不远，西边天上，黑成一片，阴云由地平线上涌起，已是下着零零碎碎的雨点。据同行的人说，只要一下雨，公路上其滑如浆，就不能走。因为高原上都是黄土，黄土沾了雨水，就很黏的，所以同行人已决定了计划，就在永寿县住下。我虽觉得不妥，然而这里究竟是个县城，住在县城里，哪有怕土匪之理，所以心里头尽管是忐忑不安，可是我嘴里，决不问一句话。一条很平直的路，抵了一座山脚下，远远地看到黄土崖上，环抱着半圈子黄土筑的城墙。又在一个小山坡上，竖起一座小塔，却也有些风景。及至到了城根下，拥挤着两行黄土屋子，破墙倒壁，凄凉得不堪。数一数，约莫有十来户店铺。可是说是店铺，也不过是理想之词，全是黄土壁子中间，有两片木板门，商品的点缀，有一个黄土灶，有一个黄土柜台，陈列着几方冷锅块，有一个敞门里面，开进去一辆邮车，一辆货车。一打听，停车的所在，便是永寿城外的汽车站，而且是旅馆，下车去看看，那敞门里面，倒有两间漆黑的厢房，全被人占去。这后面，是个长方院子，三方无墙，是把黄土坡削得陡直的立着，在那土坡中间，开了几个窑洞子，而且也只剩有一个了。

伸头进去看看，里面就是一方土炕，此外一无所有。与其说是窑洞，倒莫如说是坟窟，土气息扑鼻。可是我们一行两车，有十几个人，当然住不下，便一同进了城。城外是那样荒凉，预料着城里是应该热闹些的，殊不知大谬不然，只看到那土筑的城墙，在几个高低不齐的土山上，或隐或显，城里上上下下的土丘，有的种着麦，有的长着乱草，几堵秃墙，在荒丘乱草中间撑着。而外，便是斜坡上，几个窟洞。仅仅北边山坡上，有几幢瓦房，后来一打听，据说共是八家，其中有三家，还不是民房，一所系是城隍庙，一所是废弃了的县衙门，一所是破庙改的县立小学。而那五户人家，还有一连守城兵借住了，简直可以说是这永寿县城没有人家。生平所经过的城市，要算这是第一个荒凉之城了。

凄凉恐怖的一夜

这一天，是倚靠了西兰公路工程师的面子，居然在县立小学，借着一个课堂来安歇了。这小学原基虽是老庙，课堂倒是新建筑的，在一个平坡上。只是上面有瓦，而南北无门，墙上有木格窗子，并无玻璃和纸，人可以在格子里钻进钻出，大风只向里面吹，吹得人打冷颤。屋子里有两张破桌子，板凳也无，我们进来，只好叠了土砖，坐在地上。天黑了，风越大，而且一阵阵地下着雨点儿，被风吹着，送到屋子里来。在行囊里摸出了洋蜡点着放在墙根下，以免摸黑。古人借宿，常说借一席之地，聊避风雨，雨勉强可避，风就不能避了。在这种凄风苦雨中，托人在城外买来十几个黑馍当饭，只有一碟韭菜炒豆芽作菜，全是冷食，那豆芽无盐，却是酸溜溜的，我勉强吃了个黑馍，便展开带来的行军床睡觉。同行的马工程师，他是监筑这段公路的，这里情形比较熟。他说，在去年，土匪据了这城很久，饿跑了，城外或不免有土匪，这里有一连守城兵，不必怕。只是上次也寄宿这城内民房里，晚上有两只狼来拱门。这个消息，可让同行的人，大吃一惊。因为这里既是没有门，窗户又是空的，我们睡着了，狼要来了，可以随便的窜到身边。然而这也没有法，只好警戒着睡。这课堂里，除了三位工程师便是我，其余的人，另在别屋安歇。先是头伸在被外，风吹得难受，在那冰凉的空气中听到雨点儿一阵阵洒落着打在地上，让人说不出来是一种什么情味，将头缩在被里又气闷不过，而且又怕狼来了，不能提防。因之时而将头缩到被里，时而又将头伸到被外，整宿的不能睡好。半夜里醒来，听见刘总工程师咳嗽，我问他，他说，看到陈工程师的床毯摇动，以为是一只狼。而陈工程师听到那窗户缝里，风吹得呼呼作响，也当是狼嗥，梦里惊醒过来。总而言之，我们都在这凄凉恐怖的空气中，做了一夜的恶梦。

永寿坡

在永寿县那样凄凉恐怖地度了一夜，到了次日早上，出得门来一看，依然是阴云四合，细雨霏霏。那几户人家的后面，高拱着荒山，棉絮团子似的涌着白云。大家商量着，若是在这个城里度阴天，且不问晚上有没有狼来，这里什么吃喝都买不着，未免太苦，因此大家不住地向天空里看着天气。在这里，我应当补述这个小学校几笔。这里虽说是小学校，其实是前清时代蒙经两合的私塾，高等班的学生，年纪都在二十上下，共总也不过十几人，穿蓝布棉袄裤，都破旧不堪，大布鞋袜，也不少泥污。天刚发亮，就见他们手捧了书本在院子里来回走着，高喊着“齐宣王问曰”，或者是“山不在高”等等句子，吃饭的时候，他们也是捧了一粗碗小米粥，坐在屋檐下喝。至多是另有人手里捏着一方锅块，绝对不见菜。只这些，其苦可想，所以我们只望天开一线，好离开这地方。直熬到下午一点钟，并不见大雨下来，细雨也慢慢地止了。听听山下路上，却有汽车喇叭声，料着是西来的汽车，派人去打听，果然，西路雨不很大，路还可以走。于是大家如得了洪恩大赦一般，收拾行李登程。这永寿县虽是荒凉，设在山麓，地方是很险要，公路绕着城跑上山去。这山虽是土质的，可是山峰起落，上下距离很大，公路是不能直上直下的，在山腰上开辟着之字形，弯曲着走。我们汽车盘绕山腰来回走的时候，恰是山里云气腾涌，二三十步外，便不见人。汽车路外，山崖又相当的深，我心里颇感到相当的危险。汽车开着每小时十个埋尔（mile）的速度，在云里钻了出来，过了一道小河，却把十几个峰头抛到后面去。这里是有名的出土匪的地方，叫永寿坡。因为不曾开辟公路的时候，大路在这里，要跨过几重直上直下的土岭，前后约莫有二十华里。这其间，并无一户人家，在岭上睁眼四望，都是些山头包围着，山上有些地方长着长草，凹下深沟，很可以藏歹人的。自此以后，公路都在山梁上跑，四顾无人，及至看到山下面，一湾河水，拥着一带树林，隐隐的拥出一座城池，便是邠县。

邠　县

我们小时候念《孟子》，便念过大王居邠的这个故典，知道这里是文王的老家，现在看到了，自然起了一种怀古的情绪。一路而来，除了那混浊的渭河，不见水流，也不见树林，只是荒田叠叠的高原，杂着莽莽的短草。现在邻邠县城外，却有河流一湾，远远地在浮滩里带着白色。据闻，这是泾河，河里两岸的树林子，碧绿的，全是枣子树，这正是开枣花的时候，由林外经过，一阵浓厚的枣花香，袭进鼻子里来。到了邠县城外，有一道石桥，跨在另一条小河上，河水并不混浊，这在西路行来，很难得的事。邠县的东门，正对了这石桥，公路是穿城而过。城里一条直街，繁华略次于乾县，但是电报局、邮政局都是全的，交通却还相当的便利。说到这里的古典，都是很古的，名胜当然也很古。在大街的东边，有一条巷子，名叫隘巷，据传说，那就是太姒出世的所在。三五人家，并无点缀。西门里有口井，于今外面是敞地，就是大王的家。这些话自然是传说，不过这里是豳国旧治，那是事实。照着筑城以靠山近水而言，大王居豳的豳国，那必是在这附近的。城里破文庙对过，有座唐开元年间建筑的塔，于今却还是完好。

花果山　水帘洞　大佛寺

出邠县西门，沿着泾水的河岸走，泾水是汹涌地流着。古代泾水清，渭水浊，对人不分好歹，说是泾渭不分。大概古时的泾水，比较的清，可是到了现在，一样是混浊得发黄了。在河岸上,整片地种着枣子树和梨树。当我们到来的时候，正是枣子开花的时候，汽车穿了树林子过，清香拂面。由咸阳到永寿坡下，四百多华里的路，没有一寸路，是令人感觉到愉快的，到了这里，有水声可听，有绿树可看，总算耳目一新了。约莫顺着河走了二十里路，到了花果山。读者乍听了花果山这个名词，必定诧异一下，以为笔者说神话《西游记》

上孙悟空修道的那个花果山，岂能真有其地？可是这里不但有花果山，而且花果山进去，还有个水帘洞在，所以乡下人很老实的，就在这山上供了齐天大圣，显然的，他们就把《西游记》上的花果山，指实在这里。这山的情形，我可以描写一下，在泾河的南岸，有一列平山，两峰相断，有个谷口。山是石质的，不过那石头极不坚固，随便敲打，可以粉碎，因为山的地质是这样，所以山上也是童然不毛，不但无果，而且也无花。在谷口山头转弯的所在，在山坡上高高低低凿了许多洞。这些洞，不整齐，也不美观，有些还坍塌了。其中一个大些的洞朝着正北，便是供着孙悟空偶像的。在山下，倒有一个村庄，栽满梨、枣两种树。花果山，如此而已。由这谷口进去，约莫五里路，可以到水帘洞。远远地看去，那山峰懒懒地向南拖着，还是童然不毛。这高原上绝对不会有瀑布的，也就不能有水帘，看了花果山之后，同行人就不曾去游水帘洞。西进约莫七八里，到了大佛寺，这可是道地一尊大佛，足与龙门、云岗的大佛鼎足而三，因为这里仅仅只有这一尊佛，所以龙门、云岗的石佛很是有名的，这大佛寺的佛，却没有人传说。这里的石刻，和其他地方的石刻，没有二样，乃是将一座山挖空了，挖成个大洞，在洞壁上，雕刻起佛像来。在洞口上，依着山势，架起一座三层高的大楼，游人若是要看佛面，须是走上第三层大楼上去。楼里的大洞，约有一百零几尺高，正中坐着如来佛，两下有四大金刚。佛像虽是坐的，也高有八十五尺，所以佛的头，一家屋子那样大，佛周身都镀了金，全身完好，眉目清楚，一个手指，差不多有一个人大，由下向上看，颇觉得伟大庄严。洞里面寂寞无人，有那整群的鸽子飞来飞去。将鸽子来和佛像打比,只好算是人身上的苍蝇了。这个寺，还是唐朝建筑的，历朝都曾修建过，满清这一代，原很是破败，在左宗棠手上，曾大加修理，保存到现在。在庙外看这寺，只见靠山砌成的三层石阁子，并不像龙门的石刻，一望而知是石洞。寺边有一个石龛，供有一尊立佛，高一丈二尺。本地人有个故事，说是这尊佛原在西方的，听说大佛寺有大佛，特意走来比身量，走到这里，方才晓得自己身体矮小，不敢进庙门，就在外面立着了。

长 武

过了大佛寺，到亭口镇，这个镇不大，而在陕甘大道上，向来是很有名。因为泾水到了这里，正好截断了大道过去，由西向东的人，势必在这里渡河，旅行人容易有一个深刻的印象。而在军事上，尤其重要。由这里过河之后，猛然地又走上了高原。这种高原，说平地不是平地，说山上不是山上。因为它的地势，总是由平的地方，突然高上一二百尺，或者渐次升上，以至于五六百尺，及至把这些坡子走完了，一样地平坦向前，并不像山，有峰峦可分。假如这高原有中断的所在，那就现出很深的土谷，才是和下一层平地成平面的，其实所指的平地，又是另下一层平原的高原。土人对于这样的高原，叫作原上。原上有时开垦着田地，但是缺乏雨水，很不容易生长粮食。粮食不易生长，树木自然也是一般地无有，所以高原上，总是荒凉的。陕甘大道，多半是在高原上走，而乾县到永寿，亭口到长武这两段，尤其明显，我们看到，绝对不是山也不是平地。长武县，就在高原的一端。在长武东方不远的所在，有座特大的土桥，很是别致。在东南，石头可以架桥，木料可以架桥，船筏可搭浮桥，用土筑桥，却是我们闻所未闻。这里高原中断，闪出一条二三十丈深的低谷，在那里微微地流着些黄水。料着在有雨水的日子，谷里的水，自然是由这里向低处流走。土人于是在这高原中断的所在，筑了一条横坝，将两下连着。在横坝底下，打穿几个大窟窿，让水出去。西北的土，富有黏着性，上面筑结实了，下面就是掏了窟窿，它也不坍下去，于是这条横坝，就变成桥了。由陕西到甘肃，这样的土桥，是非常之多，要以长武东这一桥为最大。过桥不远到了长武，依然在高原上。这城虽有四门，很是奇怪，只开西北两门，东南两门，是永久地闭着。北门外树了一块石碑，有四个字："公刘旧治"。可是据这里县长说，这是本地人附会的。长武在宋元，是宜禄驿，到明朝才改设县治。因为宜禄驿属于邠州，邠州是公刘大王之家，所以也就把这里当公刘旧治了。去县十里浅水源，那是唐宋古战场，于今也就无所见了。这一县是陕西最西的一县，在西门外一条街，骡马车辆，却也络绎不断。我们在汽车站打尖，却又长了些见识。知道这一路的汽车站，都附设在旅社里。长武这个车站，就叫西北旅社，光听这个字号，那是很够味的。其实这旅社的上等房子，都是在一个很高的土坡峭壁上，打了一排窑洞。洞里将现成的土，砌了一方炕，另外用两个土墩子，架了一方木板，那算是桌子，其余也就可想了。这种土窑旅馆，除了水火之外，别的是不供给的。就是水，也许也有问题，因为店主人，是不能充分给客人用的。这应该原谅他，根本上，西北得水就不容易。旅馆的价钱至多是三四角钱，食物在外面小饭馆子，可以买到黑馍和面条子，也不过二三角钱一顿，然而在西北，已经是头等旅客费用了。

入甘肃境

由长武过去三十里到瓦亭，那便入甘肃了。瓦亭镇街上，有个牌坊，为分界处，东陕西甘。牌坊西又叫窑店。旅客在此时有两件事要注意的：其一，是游历家，必须预备着护照，以便沿路的机关检查；其二，是在陕西所用的钱币，这里都不能用（包括陕铸的银币在内）。这里只用甘肃大板（即大铜子）

和袁头银币，其余一概不成。言语方面，陕甘没有什么分别，遇到年老些的，叫一声老汉，也就很客气了。由陕西到甘肃，有两条路，北路是由长武入泾川，南路是由凤县到天水，公路所取的路线是北路，踏到甘肃第一县的县境是泾川。

泾川县

由长武西来八十里，远远望见山上一丛楼阁，那便是泾川县外的瑶池，是很足以供旅人谈助的。而望见了这山，我们也就知道到了泾川县。这县是陇东一个大县，西来东去，货客必经之道。南关外什么商店都有，和陕西邠县，繁盛相去不远。北门外，紧贴着左宗棠平西的旧军道，两行杨柳，密密地达到泾水之旁，风景不坏。这种柳树，名叫“左公柳”。在左宗棠栽树的时候，本来夹着大道两行，由潼关起到玉门为止。现在陕西境内，几乎是看不到一棵；直到甘肃境内，才于每几十里路内，可发现若干丛。名叫左公柳，其实不尽是柳树，有一半白杨在内。杨柳虽是最易发生的植物，却因为西北少水，这柳树却不肯长，由左宗棠时代到现在，七十年上下，树的直径，还不到一尺呢。由邠州出发的那天，到泾川，本来只到下午三时，应当可以赶上平凉的。因为同行的刘如松总工程师，他们在这里要办公，歇了下来。而筹办西兰路汽车局的一部分职员，也赶到这里，有要事接洽，所以都住下了。所住的地方，是一个谢公馆。据说是以前一位当司令的，遗留下来的楼房。据说这楼房晚上出鬼,无人敢住。而尤其是一行人借住的前楼，是鬼的巢穴。这晚，我就摊开行军床在楼口上睡，却也无事。陇东方面，以前各种司令很多，而司令的下场是连有房屋都没人敢住，这件事，我在西游的时候，却有一个很深的印象。不过在《旅行杂志》上，是无须说的。

瑶　池

泾川北门外，约二里路，那是泾水。这里没有渡船，有些本地人，专门在水边候着，背人过河。河那边一座土山，尖顶。在山的东麓，以至于山顶，分有四级，筑了房屋。第一处是范公祠，不过奉祀前清一个武人，这无所谓。在祠的西首，公路之南，立有一块石碑，大书特书："古瑶池降王母处"。王母这个名词，最早见于《山海经》，本来是个兽形怪物，到了《集仙传》，王母就变为女神了。瑶池，是王母所居，《集仙传》说在昆仑之圃。现时说在这里，却不知本地人是如何附会成立的。第二级是王母宫，山边有小路可上。这宫是依山筑的悬阁，到了里面，已经倒坍大半，供王母的正殿，已经无路可通了。第三级是药王庙。西北人都喜欢供药王神，随处有药王庙，不知何故。这庙不大，尚完好。庙前依着山腰，将土砖作栏，围了一道平坡，靠栏东望，可以看泾城全景。第四级快到山顶，便是瑶池了。正面有个土地祠的小庙，也倒坍不少了，面前挖了个长方形土池子。因为在大雨之后，在池子里，却有小半池子黄泥汤。此外，奇花瑶草，琼枝玉树，却一点没有点缀。仅仅是这么一个地方，何以能附会成为瑶池呢？这实在是不可解的一件事了。

平　凉

由泾川到平凉，不过两小时的汽车路，我们又因公住下了。这里向来是西陲军事重镇，而北往宁夏、南去川北的买卖，也都由这里转运。陕甘商办汽车，不能直达，更是在这里转车。所以这个地方，是西安、兰州、宁夏、天水四城的中心点。这城是很奇怪，由东关到西关，穿城而过，是九里路一条长街。全城人口有一万四五千名，那是荒凉的西北高原上所少有的。最妙的，这里居然有一家四开纸的小报，和若干家通信社。在这一点上，可以想到西北人，是把这里当一个重镇的了。汽车站有两所，在东关内大街上，我们汽车所停止的这一站，照例是附设着旅馆，也名叫西北旅社。因为平凉是个大县城，所以这里的旅社，也就比较的大些。最后进院子里，居然有一重五开间的屋子。屋子里自然各有一张土炕，土炕上各蒙了几块羊毛毡。另外有一桌二椅,作了房间里的点缀品。到西北来的人，便是举国恭维的班禅，到了这里，也只好是这样受用。这样看来，穷苦地方，就是有钱的人来到，有钱无处用，也和穷人一般，倒可以现出平等来。关于旅行方面，在这里寄信，打电报，雇车，雇牲口，都很便利。街上也有两家澡堂,可以洗澡。不过为讲卫生起见,还是不洗的好。酒饭馆,这里也有，而且在县署附近，还有两家湖南人开的馆子，可以尝点儿南方口味。不过荤菜总是两样，不是鸡身上的，就是猪身上的。鲜菜也只有韭菜和小萝卜两种，便是让名厨子做出一桌席来，那也是很单调的。在各方面看来，平凉总是较大的一个地方，可是有一件事，十二分让旅客不安，就是这里的井水，实在是太脏。本来过了咸阳以后，喝水的这个问题,就不能提,全是咸而且浊的井水。可是到了平凉这地方,是交通的枢纽所在，常常作为军事的根据地，是应该有干净一些的水。却不料适得其反，这里的水，在泡过茶之后，你放了碗不动,在五分钟之后,碗底上可以沉淀着一分厚的细泥。用的水,端了来,那简直就是灰黄色的。在东方人士,初到西北,对于这种水，不加考虑的喝下去，不能说与健康问题无关。虽然我们不能带着过滤器出远门，对于这种水，必须亲眼看到，烧开了又开，然后用壶装着，等泥渣澄清，再送到口里去。澄清之后，不嫌麻烦，再煮上一回，那是更好，不然，便是喝下去无问题，想起来也会作恶心的。此外，到平凉来的旅客，有点小常识，不能不知。这里的洋烛火柴，都是土产（洋烛而曰土产，文本不通，但洋烛二字，要改为蜡烛，又成为另一物件，只好听之）。火柴的头儿，是一种硫黄涂的，擦了之后，只有青烟，不见火光，必等烧到木棍上去，才有火光出现。假如我们不等火光出现，就点了烟卷，抽吸起来，那就会把硫黄发出的恶臭，吸到肺里去，立刻刺激得非呕吐不可！以上这些情形，都是我亲尝的，据实写出。至于平凉的胜迹史料，问之于这里的一位六十余岁的梁老县长，他瞠目不能答。他说：同治五年，西北大乱，本县的县志，完全失去，所以一切史料无考，连名胜也不得而知。仅仅知道离此三十里，有座崆峒山，上面有道观，到阴历五月，有庙会。他所答的，我不能认为满意，想到这城内多少总有些古迹可寻，因此我拉了一个游伴，自己到街上寻找去。首先发现了一座火神庙，觉得里面的木柱特大，在西北，不是平常人力可以得到的。所幸这庙里还有一个老道，和他接谈之后，才知道这里原是明朝的韩王府，院子中间，有一块黑石，油滑放光，便是当日韩王由新疆得来的。他又说，去此不远，有一所关岳庙，也是古寺改建的。古寺是什么名字，现在不得而知了，那庙的后殿，有一口唐铸的铜钟。他说这话，我似信不信。因为西安城里有一口唐钟，大家都当作宝物，何以这里有唐钟，却没有人过问呢？我立刻顺了老道所指，找到关岳庙去。这庙比火神庙更加破旧，不过还有几个穷道人看守。我就问他们唐钟在哪里，让我们看看。老道看不出我们的来头，并不否认，将我们就引到后殿去。这后殿虽也有神龛香案，那尘土都堆积得有上寸厚，黑暗暗地分不出里面有什么。在香案右角，有个大木头架子，果然架住一口钟，钟的上层，有破碎佛帐和灰尘遮盖着，下半截还露在外面，我找块破佛帐，将灰拭抹了，用带的手电筒一照，我直叫起妙来，果然是口唐钟。钟上所列的名字，都是唐朝小吏的衔名，最普通的，就是左押衙、右押衙这一类的名称。我本来要查一查年号，但是字在朝墙里的一面，没法子去看。不过千真万确，可以证明是唐钟的了。用棍子敲敲，响声很圆润，也见得这钟并没有破裂。只是这样随便放在破庙里，就是不会有人弄走，也怕日久会损坏了。同西安那口唐钟打比，可说是有幸有不幸了。我在街上跑了三四小时，算是发现了这两样古迹，此外，是再找不着什么了。说到街市，因为这城仅仅的只有九里长的一条横街，也无可描写。不过这街的中间一段，已改名为中山街，将附近的桥，也附带成了中山桥。这桥有四五丈高，上面盖有个亭子，两头儿将土铺成了斜坡，车马都可以从容行走。在桥上，看平凉全市，黄尘扑地，矮屋偎城，骡鸣车响，另是一种风味，也就算是风景区了。

天气更凉了

由平凉向西走，公路已经修得很平坦，时时可以遇到左公柳成行成列，在路旁鲜活摇曳。偶然遇到一两个土山头，也长着有青青的草了。路旁看到牧羊的孩子，光着两条腿，不穿裤子，上身也只穿一件羊毛毡的背心，这把西北人民的简陋生活,也渐渐地呈现到我们面前了。在未到甘肃境内的时候，本来就有两种恐怖，受着朋友的警告：第一是匪，据说由此向西，三关口、六盘山、华家岭、车倒〔道〕岭，都是最出名有匪的所在;第二是冷，过了平凉，天气就大变，六盘山上，阴历五月里兀自下雪。关于匪的消息，这是无法的事，既然向西走，那只有说句迷信话，听天由命。关于冷，我本想在平凉买一件皮袄带着。后来看到各位工程师都没有预备皮衣，我也就不曾添置。然而在平凉城西，渡过泾水以后，便觉冷气袭人，就加上了两件羊毛衫裤。在我过平凉的日子，已是国历的六月初，还像东方的深秋天气一样，所以到西北去旅行的人，虽在三伏天，也不能不带着棉衣，遇到风雨天气，和西安的气候，会差上好几个月的。其次所当知道的，就是时刻，也越西越有变动，潼关的时钟和车站的钟，就相差半小时以上，到了平凉，正午十二时，已是上海一时以后了。

三关口

这是陇东最险要的一个所在，由唐宋到明清，都不失为一个军事重地。东去平凉城，约莫有六十多华里，一路平坦，唯有到了三关口附近，山岭突起，拦阻了去路，公路却是在山谷里，顺着山涧走。由西安起身以来，除了在邠县附近，看到青绿的颜色而外，就要数三关口了。山谷两边的山峦，都长满了青葱的长草和矮小的灌木，看不到一些黄土地层。而且在青草里面，突出很大的石头，尤其难得。公路随着山涧旋转，非常的窄小。到了六郎庙下，那山势一曲，路绕过山下一个石嘴子去，便是险中之险的所在。路在山涧南岸，上面是山，下面是黄水，澎湃的涧流，水碰在北岸下的山壁上，淙隆作响，猛的转个弯子流去，所以这个地方，又叫着鸣筝峡。涧的北岸，却是峭壁，没有人行路。据汽车夫告诉，以前汽车初通的时候，土匪就分藏在南北两岸的石壁上，车子来了，他凭空放上两枪，汽车就得停住。要不然，他在上面向下放枪，一个人也活不了的，其险要也可知了。我们的车子到了这里，同行的刘如松总工程师，要考察工程，约莫有半小时的耽搁，所以我就借了这个机会，绕上山坡去，看看六郎庙。到了庙里，才知道这里原是关庙，不过在两廊配殿里，配上六郎、七郎两尊偶像。六郎面白黑须，七郎青面红须，多少带些旧戏里戏子打扮的意味，当然是后人附会的了。我曾和各位工程师，问三关口的沿革。据说，在唐宋的时候，三关口一带，峰峦相套，洪荒未辟，简直是没有人行路，沿着山势，设有好几座关口。到了明朝，屡次在西方用兵，三关才开了道路，依然是行军不便。大兵多半是走宝鸡天水那条旧路，一直到左宗棠平新疆。他认为这条路有开辟之必要，就用了五万名以上的民夫，费了很长很长的时间，顺着山势放了水路，才有现在这顺山涧走的窄路。最近在冯玉祥手上，以及华洋义赈会手上，略略有些经营，这才有些路的雏形。现在西兰公路处的计划，是用炸药炸山，用石块和水泥，堆砌涧岸，抛弃利用山涧作路的方法，因为原来的路线，只要雨水大一点，就可以把路给淹没掉了。此外三关口还有一件颇重要的胜迹，就是在六郎庙向东约几十步路的所在，有块大石碑，大书“董少保故里”五个大字。这个董少保就是满清甘军统领董福祥，左宗棠征西的时候，他建立了不少的功劳，八国联军的那一战他也很现了一点儿手腕给外国人看。谈起他，在华外国人有不少知道的，也总可以说是位民族英雄了。在他那故里，现在没有什么，只是三四户人家，配着两棵白杨树而已。由六郎庙向西，两面全是青山，公路时而在涧西，时而在涧东，顺了山脚走。但据刘总工程师表示这是不妥的，必须设法改正。在这山缝里走，约莫有十华里，方才到了峡外的瓦亭关，由三关口东头的蒿店镇直到这里为止，共二十五华里，这个峡不能算不长，在交通未辟的时候，徒步在这里旅行，当然是危途了。

六盘山

这个地方，是比三关口更出名的了。由瓦亭镇到山脚和尚铺约二十华里。铺在一道小小的河流上,约莫有三五十户人家。以前公路没有修辟，走六盘山的，由和尚铺穿庄而过，原也可以算是一道关口。现在公路由庄后斜上作之字形,一层一层,屈曲着盘旋上去。原来这里的大路要走，骡马大车不能直上直下，也必盘旋着走，共是三左三右，所以叫六盘山。而今修公路,要更求平正,山岭东边,由下到上,就成了二十二道曲线,而小弯弯还不在内，就不止六盘了。这种工程，原是华洋义赈会修的,据说花款有二十多万元。只是修到山顶,钱没有了,就不修了，所以岭西由上至下的一段，还是原样，由现在的全国经济委员会公路处接下去兴修了。就是东边一段，据刘如松总工程师说还有许多处是要加以改正的。至于这六盘山的高度，说起来是很可以吓人一跳的，距离海面是七千八百多尺。庐山是江南人认为最高的山了，也不过四千多尺，这就超出一倍有余哩。其实这山的本身，高也只有七八里上下，他们工程师步行，由山东面走到山西面，不过费一个多钟头，其高可知。而所以高到七千八百尺的缘故，就因为向西北高原上走，本是越走越高，六盘山又在高原的上面，这就有六月下雪的可能了。山的地质,是一种带紫色的石头,但是这石头,非常的松脆，稍微用力敲打着，就可以粉碎。有了这点缘故，每在大雨之后，公路旁边的石壁，常是整大片的倒坍下来，把路遮断。就是工程完全修好了，单独以这山而论，将来是另要预备养路费的。我和刘总工程师在车上，随看着山，随讨论着山的工程。刘君又问我："耳朵里响不响？"我笑说："果然耳朵里响，何以知道？"他说："山下的气压，和山上的气压，相差很多。若是步行上山，慢慢地改变，是不会有什么感觉。坐汽车上山，气压变换得很快，耳朵就要响了。"他又笑说："这山上常出强盗的，什么时候碰着他，可说不定，也许我们和他有缘。"我说："何以地方官不派兵在山上驻守呢？"他说："原是有的，以前顶上有座庙，兵就驻在庙里。现在庙没有了，没地方可以驻兵，只好在两边山脚下，东边的和尚铺，西边的杨店镇，派了地方保卫团防守。可是山上下相距得太远，总也耳目难周。好在这条路上的土匪，是不大伤人的性命，我们碰运气罢。"我笑着没作声，但是我心里想着，将来西兰公路正式通车，官府总得想个妥当法子，来保障旅客的安全才好。这天，我们过山的日子，天气很清和，仅仅是到山顶的时候，有了几阵大风，略像深秋的天气，还不十分冷。山上遍地长着青草，虽没有树木，却也很好看。（当我由甘肃回陕的时候，满山开着野芍药，和许多不知名的野花，那就更好看。）在山顶上向东方平原看，房屋田地，都成了小孩儿玩的小模型，虽身临险地，也别有风味。向西下山，公路不曾修好，大家下车步行，往下看，阴暗暗的是两峰夹着一道深谷。

若以用兵而言，这里是易守而难攻的。历史上在这附近用兵的人物很多，最有名的是成吉思汗，曾在这里避过暑。

隆德县

下六盘山，西行约莫有二十华里，是隆德县。然而六盘山离这里虽很近，但那是固原县境。隆德县的境界，也就到山脚下为止。这个县城正因为它离六盘山太近，是一件很不幸的事情，在过去的几年，几乎成了土匪的客店，不时地窜进城来驻守。因之这个县城，蹂躏得可以。虽是比我所经过的永寿县，情形要好一点，然而全城也就只有三五十户人家，大街上竟是一家乡村式的杂货店，也找不着。我们寄住在一个民家，北屋还有一张土炕，南屋是土炕也没有，黄土墙上有两个四方窟窿。是当窗户的，也把土砖来塞了。北屋的主人翁家，门前当院垂了一块破羊毛毡子，当了门帘，墙外有个土砖起的烟囱，向外冒着青烟，里面正烧着马粪，一股子马粪味儿，冲入鼻端。然而这里有一件事，值得记载的，便是井水特别清亮，味也不咸，自出西安以后，没有尝过这样好的井水了。这里街上，也有两家客店，既当汽车站，也卖茶水。旅客由此经过，不妨多灌两瓶水带了走。我们住在这民家，县长刘德弼来拜访刘总工程师和公路管理局郑主任，介绍之后，他竟是我一个神交，在他招待客人之时，我也到了他县署里去。这里可以描写一点县衙门的情形，读者也好知道西路之苦。衙门分前后两院，前院是大堂。所谓大堂者，不过土质地上，白木栏杆挡了一张挂红布桌围的公案。案上是一无所有，只洒了些风送来的黄土。本来有一个木托盘，放了锡制的红墨砚台和粗笔架，可是老爷退堂，这东西也退堂。公案后白木壁门四扇，还是新制项下。转过这门，便是后院，三合房子，左边是厨房和卫队室，右边是课长室，正中便是县长室了。只要看到县长室是怎样简陋，我们就可以知道这地方是怎样的困苦。这里是两明一暗，三开间的房屋，正中空无所有，所看到的是一幅芦席壁子，上面糊了一些旧报纸。左边是县长卧室，其实办公室也就在这里面。屋子里黑沉沉的，光线不大好。原因是只有朝南一个直格子窗户，而且没有玻璃，是绵料纸糊的。四围黄土墙，左边墙上有个四方窟窿，里面放了些新旧书本子。右边墙上贴了一些誊写的表册。窗户横头，放了一张极旧的长桌子，而上面又是蒙着一方蓝布。东西两把椅子，靠档又脱落了三分之二。北墙倒是有一方极高极大的土炕，上面堆了红蓝布面几床被褥，再不能有较重要的东西可以描写了。县长是很客气，请来宾到他卧室里去坐，临时搬进三条破板凳来，才把大家安置下去。县长起居之地，情形便是这样，其余的还用问吗？这位刘县长，为人是极爽直，他谈了无数西北人民苦痛的事情。他说甘肃姑娘，穷得没有裤子穿，已经是为人所知道的了，其实这算不了什么。最可怜是乡下人没被褥盖，又不能睡光炕。只是炕下烧马粪，炕上堆干沙，人睡在沙里。有那过小的孩子，竟是在干沙里烤死了。

静宁县

隆德县西去九十华里，是静宁县。县东门外，山谷弯曲，路又很窄，崖上崖下，几乎宽一点的汽车，都不能过去，是很险恶的所在。过了这个险地，便到了城根。这城里有一条直街，约莫一二百家铺子，差不多的东西，都可以买到了。酒饭店、客店，全有。这里除了县衙门而外，还有个旅司令部，城里驻了一团兵。旅客到了这里，必定要看看时间，若是在上午，可以前进，若到下午了，就要考量一下，是不是行伴很多，保护可靠。因为由这里前去，有两个险地：一是祁家大山，一是华家岭，全是土匪出没的所在，不能在晚上走。至于怎么险法，容我写在后面。

祁家大山的碧水湖

由静宁西行，经过界石铺，就达到祁家大山脚下了。这山虽没有六盘山那样高，但是公路由下而上，也作了四五个曲折。上岭以后，仅仅是下了一个小山洼，这似乎又走上一重高原了。在这山洼里，还发现两行极长的左公柳，可知道当年用兵，也走的是这条路。不过再向前进，公路为了避免过几道河，不走会宁县，就和旧军路分开了。在祁家大山第一重岭下，深谷里面，突然有个水潭，约莫有两亩多大。远远地看那水色，绿得像绸子一样。据本地人说，以前是没有这个水潭子的，乃是民国八年，甘肃大地震，地陷下去了，陷出这样一个水潭子。因为总是绿色，人家就叫它作绿水湖。

谁都头痛的华家岭

曾经走过西兰公路的人，谈到华家岭，谁都会头痛。这原因并不在岭上出强盗一件事上，因为这岭实在太长了，长有二百四十华里。照说游山，是一件乐事，我们并不觉得讨厌的。然而旅行的人要经过两次华家岭以后，那么，字典上关于讨厌的形容词，都可以取来形容华家岭。这地方很像江南方面，没有人过问的小荒山岗子，去两旁的山谷，也不过几丈高，公路就在这不高的山岗子上。这山冈，土人叫梁子。便是土人，说到梁子，也觉荒凉的。这华家岭的梁子，没有一棵树，没有一滴水，自然，没有一户人家。在梁子上望低些的地方，不是层层下去的方块庄稼地（而地里是十有七八不见青绿，因为没人耕种的缘故），便是一圈套着一圈的山梁子。向高处望，那更是山梁。山梁又永远是像懒龙似的浑圆、漫长，没有一点曲折的风景。也许偶然露出一个山尖来，在上面有个四方的碉堡,仿佛是新鲜一点。可是看到第二个碉堡，这就令人讨厌起来。因为在前一程公路上所看到的碉堡，它那四周的情形，和再看到的碉堡四周，简直没有什么改变，汽车在山梁的公路上,顺了山势,环绕着走,经过一小时,又一小时,所看到的风景，总是那样相同，就是在许多山梁里，露出左右两道方块地的山谷，山谷那一边或者有两三户人家。此外，我想不出别的新鲜文句,来描写这华家岭了。在这种情形之下，汽车夫也和旅客一样，感到疲倦，将速度开到每小时三十个埋尔（mile）。在西兰路全线，还没有修好的时候，三十个埋尔，是不能再快的速度了。可是那烦腻的风景，老是丢不开它。而在那一天，我们还大大地吃了一惊。事后回想着，虽然有趣，然而当时是汗流浃背了。

受宠若惊的一幕

由静宁出城的时候，本来还只有下午两点钟，推想是可以赶上一个站头的，所以大家毅然上路。在我们，这辆轿式车上，除了我，有刘如松总工程师、陈本端副工程师、贺西垣段工程师。行李和工友们坐的大卡车，是在后面远远地跟着。那车的速度，不能像这车，在华家岭上狂跑了三小时以后，那卡车是离着很远，没有消息了。在这种山梁子上旅行，谁也不免迷路，正因为是前后风景太相同了，所以在车上坐了许久，便是那汽车夫走过华家岭八次，他也记不清到华家岭的华家岭镇，还有多少路。眼望着西边的太阳，越发地向下沉落了，时候已经是不早，望望去路，只见那重复无边的山梁子与天相接。汽车追太阳，那是追不上的，眼看太阳去地只有一丈来高了，市镇还是不知道在哪里。在这时，经过一个小小的山坡，路突然一转，却见山坡上站了一群人。这群人形状都很古怪，有的戴着高顶窄沿的帽子，有的养着一部漆黑的络腮胡子，他们远远地看着这一九三四式的米色轿车就十分注意。等我们的车子经过他们身旁以后，他们一阵风似地追了上来。那一副尬尴情形，我们早就注意到，现在他们追了上来，这事情大白，不是绿林人物是兀谁。刘总工程师料得祸事来了，立刻对汽车夫说快跑吧。贺工程师是陕西人，他所见到的西北民情比我们多，他也低声说快跑快跑！汽车夫立刻放快了速度，向前飞奔。说时迟，已经转过了一个山嘴子；那时快，迎面一个身背步枪的短装人，高高地举着手，大叫站住站住。在前面，还有一群人拥在路边。在人丛里发现了红红绿绿的东西，不住地在风里招展，那分明是旗帜。这完了，后有追兵，前有埋伏，如何冲得过去？真冲过去，也许他们就对了汽车开枪。刘总工程师胆子最大，在江西建筑公路的时候，他就常常出入有匪区域。当时，他见那背枪的人到了车前，就索性吩咐车夫停车，他那意思说跑也无用了。我在上路以后，本也以为遭不幸并非例外，到这里，也就只好听便环境的转移。眼见车子停着，背步枪的人走近了车门边，这才看得清楚，那人手上，还举着一张名片呢。开了车门，他递进名片来，他笑说："这是刘总工程师的车子吗？"刘答是。他又说："我们是会宁县县长派来的。前三天，县长接了电报就知道刘总工程师要来。奉了兰州朱主席的命令，一路妥为招待。这个地方归会宁县管，可是到县城还有六十来里地。县长分不开身，特意派保安队长带了几名弟兄在这里欢迎。"我们一听，原来是这么回事，都转怕为喜了。既是有人欢迎，车子就开到欢迎的人面前停住。刚才看到的红绿旗帜，也错了，原来是一张长桌子，系了绿沿边的红桌围呢。大家下了车，和那欢迎的队长一阵周旋，虽然又发现了几个背枪的，我们也不在乎了。由汽车后面追来的那一大群人，也就围了这桌子半个圈子。桌子上摆着欢迎的盛筵，是八个粗瓷碟子。乃是两碟带壳的生核桃，两碟干红枣子，两碟大花生，还有两碟黑糖块。桌子下放了一只大瓦壶，桌上有四五只粗瓷杯，一盒平凉土制火柴，一盒哈德门香烟，刘总工程师是美国某大学毕业生，由金元国家回来，又当了好几年大学教授，和要人来往是不必说，什么大宴会没有尝过。然而他说出一句很幽默的话。他说这位县长欢迎出六十里路以外来，我们今天受宠若惊了。这“受宠若惊”四个字，对于我们当时那番情形，再恰当不过。大家全哈哈大笑。据那队长说，在此已经候有三天，不想今天才来到。我听说，就偷看桌上摆的碟子，怪不得浮尘铺得有一分来厚。大家喝了两杯凉茶，抽了两根哈德门，才继续前进，又走四十里，在夜幕初张的时候，到了华家岭镇。

最小的客店

华家岭这个山梁子，东西相距是二百四十里长，直到走过了三分之二的路，才有这样一个小镇市，此外，梁子上是土窑一所也没有的。所以这个镇市，虽不过二三十户人家，那真是太平洋里寻出一个救命的淡水岛来。这小市集也围了一道小小的堡墙，里面原来都是农家，自从公路经过，也就有一两家经营客店。先投到一家客店里，也倒有院子停放汽车，只是东北角总共四间小屋子，全被人占了。若要在这里寄宿，只有睡在汽车上。我们只好出去，另找客店。找了许久，对过一个住户，他们愿意容纳我们。那里就是一间屋子，房门便是大门，临着大路。屋子里是一个大土炕，大概原来是有一张小的破桌子，因为让旅客进来，腾挪出去了。现在这屋子里，除了那土炕，便是屋角堆的一些瓦罐子、瓦盆子，在这屋里，可以说见不着一寸木器，有之，就是两把锄头上安的木柄。这屋子放了三张行军床就满了，那位贺工程师，还挤到另一人家去住。这个客店之小，生平是没有经过第二处。同来的那群工友，挤在隔壁住，也是十几人一间屋子。这个地方，到平凉，正好是汽车一个大站，客店这样少，实在惶恐。据公路管理处的人说,一定要在华家岭设站和旅客招待所。我想，以后经过此地，也许便利些了。

定西县

由华家岭向西，在山梁子上，再走五十里，才下到平原。在下了平原之后，身上觉得如释重负，心里先痛快一阵儿，所遇到的第一个村镇，就是红土窑。这里约莫也有四五十户人家。因为地方是在华家岭脚下，以前常遭土匪的蹂躏，所有的人家，也就不免是破门倒户。但是由华家岭下来的人，若赶不上大站，可以在这里休息。再西三十里李家堡，二十里定西县。这个县城，地势很是扼要，东、南两方是平原，西、北两方是山岭，城就在高岭之下。当年左宗棠带兵，就驻守在此地很久。因为相距不过几里路，便是车倒〔道〕岭，乃是向兰州去的咽喉路径。以前人行大路，东穿会宁到此，由此再过榆中到兰州。现在的西兰公路，并不经过会宁、榆中两县，我查看好几种地图，都是把公路和旧大路混而为一，相差得很远了。定西县原名永定县，原来土筑的城圈，并不怎样大，在左宗棠手上，因为用兵的关系，又在旧城北门外，加筑了一道新城，比旧城还要大，本地人分叫新城、老城。县衙门和小学校，都在老城。商店转拥在新城里。不过所谓商店，那也是很萧条的门面，比南方的乡店还不如。汽车站在新城北门外，投店不必进城，城里并无客店。听说公路局将来也要在北门外设个中等站。

车倒〔道〕岭

这个岭，又是个不大平静的地方，以往是常出土匪。因为已经是到甘肃省治不远了，省当局对这件事很是注意，到现在总算很平安了。由定西西进约六七里，再又折回东退二三里，才上了这个坡，以前人行大路走骡马大车，虽弯度不必如此之大，大概也是折转来上山的，所以叫车倒〔道〕岭了。

由岭脚到岭头，也是之字路，共走了四个来回。上岭以后，便又是山梁子，长约二十多里，明朝的时候，常遇春在这岭上大战元兵，死人无数。所以谈到这个地方，也是很有名的。在山梁上经过一个村子，远望有十几户人家，及至到了近处一看，完全是些秃墙，连一个人影子也没有。据汽车夫告诉，这一带的土匪，比较的凶恶，因第一次抢劫，来的人少，让老百姓打发回去了。他们第二次重来,带的人不少。杀进村来，不问男女老小，全村四五十口，杀个干净，因之这一个村子便绝灭了。听了这种话，可叫人不寒而栗。好在这岭并不长，只是二三十里，渐渐地接近村落，一路也不少的镇市。其中有个大站，叫甘草店，差不多有二三百户人家，由定西到兰州去的长途汽车，照例是在这里打尖。过了甘草店，便是兰州附近的富庶之区，麦田树木，不断地可以看到，比着华家岭一带，那已是天渊之别了。

兰州东郊

我们由西安向兰州去，因为阻雨和刘总工程师视察工程的缘故，共走了九整日，听说快到兰州，精神就为之一爽。离甘草店约三十里，到猪嘴子，经过三角城一带，公路平整，村落相望，小河一道，清水滚滚冲动那磨房外的水车，很有点儿江南意思。再行十里，到马家寺河。河面很宽，乱石嵯峨，流着一线清水。两岸人家，用白杨树作篱笆，大青石堆墙，也是行一千多里路所不曾见的风景。过河五里，是阎王沟，又叫仰望沟。土山中裂开一条小缝，仅仅让车子过去。以前这里很出强盗。现在西兰公路改了由山顶上走。两道山峰，中间隔着一个深谷，是用一道长梁渡了过去。长梁下面，有太极图式的流水暗沟，在里面点灯走，由沟南门进去，北门出来，在暗洞里走二三百步，出来却是原处，工程很巧妙。这是华洋义赈会介绍下来的瑞典工程司监造的。但刘如松总工程师说，这是外国工程司错用了义赈会的政策。义赈会只在赈济，不怕多花工资。经委会是实事求是的，何必如此浪费（估计要工资两三万元），其实公路不走山头，一样可以过去的。阎王沟再西行十里，是东岗坡，远远已可看到兰州城外的皋兰山了。再行二三里，抵兰州飞机场。这里机场宽大，周围有三里之遥。机场北面，是兰州大营，营门筑着城堡，气象森严。由这里到兰州东门，约十里，公路平坦，车走如飞，看到北平式的四叠城门箭楼，人是神气飞扬了。

到了兰州

兰州的街市

兰州虽是边省的省治，可是指古时而言。现在我们把全国地图打开来一看，在正中的地方，画一个十字，那么，我们就可以在十字中心点附近，发现兰州这个地名。所以到兰州来，名义上是繁华边界，实际上是到了中国的中央。这里在西方人看来，也是西北的上海，西向新疆、青海，以及西藏北部，都由这里运了货物去。北向宁夏、蒙古，也有买卖，所以在商业上，兰州是很有地位的。我们走了一千多里干燥无味的旱道，所经过的，便是平凉那种大地方，也只是一条直街，所以我们理想中的兰州，也很荒凉。及至汽车进了东关以后，便觉是差强人意了。兰州和西北各城一样，在城墙之外，另有一道关，东关、南关，都是很大的城圈，只有北门，出门便是黄河，才没有关。由东门到省政府衙前，是个干字形的街道，宽的所在，也有两丈多，窄的所在，却仅仅通过一辆汽车。店铺完全旧式，柜台多半像南方的当铺，一字栏门。所有货物，都是陈列在一种多格子的高大木架上。所谓窗饰，自然是谈不到。便是货物的样式，也很少能表现出来。这理由很简单，因为玻璃这种东西，很不容易搬到兰州去。这里的玻璃价钱，更是昂贵，大概一尺见方的，这里就得卖上一块钱了。因之兰州城里的建筑，就绝少这样东西，商家用那最古的法子，把货物放在架格子里而外，有那一定要陈列出来的，不是挂在屋檐下，便是挂在墙上，以便主顾采用。房屋也十有八九是老式的，低低的屋檐，向街心里伸出，在屋檐下横列着各种招牌。我所看到的略带新式的房屋，只是新开的几家旅馆而已。西北是大陆气候，雨水很少，因之兰州城里的街道，也都是土质，不过灰土还不像西安那样厉害，并且这里利用省政府里的磨电机，全城都有电灯，这却是胜于西安一筹的了。

中山市场（庄严寺）

中山市场，原来是城里有名的庄严寺，在省府东大街，在西北军手里，改了这个名称。现在除了寺里正殿而外，一律都改作了商场，商场的内容，也是仿照北平各种市场布置的，只是浮摊多，店铺少。若以贩卖的东西而论，大概日用百货，总算都有，而妇女们所需要的，尤其全备。所以兰州城里的摩登妇女，中山市场，是必须要到的。这个边城，墨守古风，并无男女公共场合，也绝少男女同行的这件事。只有中山市场里，男女都去，也偶然可以看到男女同行，有人说，这同行的男女，也十有八九是东方来的，本处人，依然男女不同行。

这真是讲求复古的先生们，心焉向往的了。说到庄严寺本身，却很有不可磨灭的价值，正殿楼上，两壁都是唐人的壁画。画里的佛像，完全是印度作风。因为这楼上终年闭着门窗，里面很少透进太阳光去,所以还保留着原来的颜色。据本地人说，在某一个时期里，这壁画，大有全部毁灭之虞，所幸本地几个聪明人，把泥浆木板，将壁画给藏埋起来了，这才得免于难。除了壁画之外，有人说，这庙里还有一种转轮佛灯，在另外一个幽僻的殿里。那转灯像一个木塔，下半部在地窖里，上半部直通殿顶，若有人碰通了机关，灯自会转动。这个东西，我亲眼没见，不敢认为完全存在。因为我游过了庄严寺，朋友才告诉我的。再要去看，还得找官厅人相陪，只好罢休。不然，庙里和尚，他不公开的。

民众图书馆（大佛寺）的三绝

谈到了庄严禅寺，就该说到宏恩寺了。这寺，俗称大佛寺，因为庙里有大佛像的缘故。现在兰州官厅，利用了这个地方，改为民众图书馆。地址在省政府西大街，并不偏僻。关于图书馆的陈设，毋须介绍，这里单说大佛寺有名的三绝。是哪三绝呢？便是书绝、画绝、塑绝。第一，书绝。这里有颜真卿的字，褚遂良的字。第二，画绝。第一殿里，有明朝的壁画，完全不缺。殿后壁，有吴道子亲笔画的观音大士像。像高约七八尺，完全工笔。别的不用说，只是观音身上披的纱，隐隐约约，露出里面的衣服来，那便是绝技。只是年代太久了，颜色不十分清楚，许多人对这壁画，想拍几张照片，都宣告失败，不久有个白人，他表示用一种化学品喷在壁上能用纸将画拓下来。但是兰州官厅，怕腐蚀了原画，没有答应。第三是塑绝。我前文说过了，北方古庙的塑像，能保持着原来状态的很多，大佛寺的壁佛，都保存下了，寺里的旧时塑像，自然是也不至于毁坏。据我的观摩，要算后殿东配殿的几尊佛像，最是神气活现。正殿三尊大佛，虽塑工也还不错，比起配殿的，就相差得很远。这些塑像，有人说是唐塑，也有人说是元塑，这却没法儿考据，不过不是清代的产物，那是可以断言的。

黄河铁桥

“千古黄河一道桥”。在以前津浦、平汉两条铁路没有筑成以前，由青海到山东海口，黄河就只有兰州城门外一道浮桥，所以有了这七个字的老语。桥在北门城外，出城就可以看见。不过原来是浮桥，现在是铁桥了。浮桥的构造，和南方的浮桥也不相同，乃是把木料漂在水里，用一种甘西特产的千金草，搓成绳子，将木料缚住，然后在上面铺着板子。桥面很宽很宽，为的是好在上面通过骡马大车。但是有一层麻烦，这桥要每年架搭一次，因为到了冬季，黄河结冰，这桥不收起，冻在冰里，就要损坏的。到了光绪末年，甘肃某巡抚，作一劳永逸之计，花了五十万两银子（运费在外），请德国人建筑了这座铁桥。桥长约有二百多步，宽一丈四五尺，和铁路上的铁桥，大致相同，不过这在桥面上，铺着一层厚的木板，笨重的骡车马车，滚着桥板咯咯作响，由架空的桥梁下，一重重地钻了过去，又是新的，又是旧的，倒也别有风趣。河的北岸是白塔山，山上有几处庙宇，参差着山的各层。那上面并没有草木，淡黄色的土被强烈的太阳光照着，只觉银光射目，显然不是中原景象。桥的上下游，都有很大的水车，直列着圆形的轮子，让黄河的水去推动。黄河的水，流着总是很急的，在桥上经过的人，可以听到那水流在桥梁上冲刷着，哗啦作响。还有那牛〔羊〕皮筏子，不用东西撑动，在水面上顺流而下，去得很快。这一些，在黄河桥上看到的，是东南人最会感到兴趣的。

省政府花园

我们到了兰州的时候，城里头的八字新式旅馆，都宣告客满，因之靠了本省朱主席在西安给予的介绍信，得蒙省府里人招待，住在省政府花园里。甘肃省府，本是明朝的肃王府，地方很大。当左宗棠做陕甘总督的时候，又把这里修理了一番，所以这个花园里，不但是亭台池榭，点缀得很好，而且里面的树木，都很有年月，又高又大。园子里的亭榭，共有十几处，第一有名的是望河楼，在花园后壁城墙上，在楼上开窗向北看，黄河滚滚，就在脚下。楼外有幢石碑，上面略有红晕，传说明肃王遭匪乱，在府里殉忠，王妃就碰死在这碑上。第二是船厅上，在假山，是当年左宗棠办公的地方，现在省政府宴客，都在这里。第三是肃王墓。那次匪乱，肃王全家失踪，本没有尸身，葬在这里，后人因为纪念他一家忠烈，就在这里做了一个假坟，坟外还有一座两层高的塔亭。这个地方，在全国里也是精华的一部，高大的槐树，伸入了半空，假山上配了那曲折的台阶，又加上嵯峨的怪石，有一条水沟，在山下草地里流着，淙淙作响，很有些画意。第四是碑洞，一个方形画舫式的石门，走进了四方的地窖里去，四周的墙上，都嵌着石碑，上面刻的字，乃是当日肃王写的诗句，在他生前，大概就勒上石碑了。此外，还有荷花池子，和几处平台。池子里的水，有几条曲沟，终日里的是流着水。这水不是泉水，也不是引来的明沟，却是用抽水机在黄河里抽上来的黄河水，所以是用之不竭的。这里虽是省政府的花园，但省府因兰州城里，只有这地方是风景区，于是在每个星期日，将省府西边的侧门打开，放人民自由进去参观。只是不像他处的公园，里面没有什么酒店茶社，休息的地方，也唯其如此，这里面是比较的可以保持清洁。

五泉山

五泉山就是皋兰山，兰州的县治叫皋兰县，就是由这山上取下来的名字，山在兰州南关外，约五里路，山势是很挺拔的，虽然山上还缺少着石头，然而满山满谷都盖有草木，远远地望去，一片青葱的颜色，在西北这地方，有这样的青山可看，那是很可以让人满意的了。车马大路，直通到山脚，迎面一座木牌坊，上写着“乐到名山”四个大字。在这山上，共有六七处楼阁，都是随了山的势子，层层建筑上去。所有的房子，也十之八九是新式的建筑。据传说，在前清时候，山上不过是两处寺观。前二三十年，兰州有个姓吴的，觉得这地方很可以布置一番，因是沿了峰峦高低，配上了房屋和原有武侯殿、千佛阁、左公祠、嘛呢寺几处，真是五步一楼，十步一阁。又顺着小谷，栽了树木，到了现在，就成了风景区了。树木以山谷里的小蓬莱为最多，拦着两边的高地，跨谷为桥，桥上建亭。绿荫深深的，前不见去路，是最可留恋的一个所在。所以茶社也以这里为多。此外五道泉水也高低分别着在各地建了亭子遮掩，但是这几年来，已有两道泉水闭塞，五泉山实际上是三泉山了。山上的正面一处房屋，是三台阁向北筑有石栏，居高临下，黄河兰城，都一一可以指点出来。

兰州的形势

兰州在汉朝的时候，已经归入了中华版图的了。霍去病在这里屯兵，防备匈奴。由汉以来，直到左宗棠手里，这里始终是脱不了军事关系，依着形势看，这地方是十分重要的，城北是黄河，河北是白塔山，山迤逦向东去，掩过了兰州城十几里之外。城西南是皋兰山，居高临下，对敌人由黄河北岸来，是看得很清楚的。至于兰州附近，恰又是个平原，正好屯上几十万人马。现在东门外那两山之间的一片平原，依然是驻军之所，过了这里，又有阎王沟之险。来游历兰州的人，对于这一点，是应该明了的，能明了这一点，然后就可以知道兰州之所以重要了。

几项交通事件

到兰州来的人，有一件事情，是深深地会留下印象的，便是交通事件。这里的交通，可以分水陆空三种。水中所用的，只有牛〔羊〕皮筏子。这东西，说起来是很有趣，用的时候，放在黄河里，载了人同货走，一直可以到绥远的包头去。不用的时候，人就把这东西扛在背上，带了顺便地走。它并不是我们理想中的牛〔羊〕皮筏子，以为把牛〔羊〕皮蒙在木架子上，作一个小船形。它是把牛〔羊〕身上的皮，外去毛，里去肉，除头尾而外，整个儿留住，用线缝着，用膏涂抹着，不透一丝缝，然后向里面灌气，整个牛皮腔子，吹成了个白而光滑的大泡泡。泡泡之大，大于书桌。这样的大泡泡，多则几十个，少则六个，将它用棍子编夹起来，就成了牛〔羊〕皮筏。放在水里，自然飘浮起来。在牛〔羊〕皮上蒙着板子，可以坐人，也可以载货。筏上虽然也有短的篙桨，但是黄河水急，不能由下而上，也不能断流横过，只有一个笨法，将筏子顺了水流着走。若是打算渡河，只有慢慢地斜了过去。筏子由上而下，达了目的地，它的主人，拖上岸去，将皮囊里的气放了，牛皮卷在一处，由陆路将大车拖了回来，若是短程，连气也不放，就扛了现成的皮筏子走。兰州城里，每日都可以看到撑牛〔羊〕皮筏的人，背上驮着一大排牛〔羊〕皮大泡泡招摇过市，乍见之下，东方人士，是不能不笑起来的。至于陆路交通呢，那就很多种，远程有骆驼、驴、马、骡车、大车、汽车。及短程有轿车、人力车、骆驼和驴，外方人不大用为代步。由此向西，骑马走长途的很多，老弱的就坐骡车。汽车由西安到这里，可以再向西到青海。但是那是旧大路，并非新修筑的公路，赴起汽车，是相当的危险。由兰州到新疆迪化，汽车只通一半，到肃州为止，肃州以西，要骑马。兰州到宁夏，是骑骆驼。（水行，可以坐牛〔羊〕皮筏子。）轿车和骡车，本来是一种东西，但是久住在北方的人，就知道这里面，略微有些分别。骡车是普通人乘坐的，自用或营业的都有，它的车篷子，是圆背，很像南方的小船篷。轿车，大概都是自用的，车身很精致，车篷就完全是半载轿子。这种车，比骡车更要来得笨拙，走起来踉踉跄跄，不宜于走长途。兰州城里，这样的轿车，为数就不多，在这里坐轿车，也就等于在上海坐汽车了。此外人力车，全城也只有一二百辆，在省政府门西边，终日是整排地停着。因为兰州城既不大，西北人刻苦耐劳惯了，根本就不需要坐车，到哪里去也是步行。此外人力车价，也相当的昂贵，只要坐上车去，就是一毛钱。一毛钱在兰州，是不像一毛钱在北平、上海的，所以这里的人力车夫，只有在冠盖往来的省政府前等候买卖了。航空方面，由东来的飞机，每星期只有一次，逢星期三飞到，星期四飞回西安。可是平常的人，却没有那种能力，可以乘坐。因为由西安到兰州，票价是二百元呢。但是对于来往信札上，却增加不少便利。平常由西安寄一封信到兰州，至少是十二天，若遇到天气不好，陆路上邮车不通，就要走到一个月的。当我西游的时候，向西走的邮件，汽车只送到平凉，平凉以西，乃是大车运送，其缓可知，自从每星期有了发航空信一次的机会，这就痛快多了。

旅客起居备考

我在兰州住的日子很短，与社会又很少接触，所以不能像记述西安情形一样，把旅客所要知道的都记起来。但是我已经知道，对旅客可以作起居备考的，也不妨略述一二。这条路，向少人走，有向西走的，在东方是苦于无从打听一切情形，所以这里虽只略述一二，对旅客也不无小补。

搭车　在西兰公路管理局未曾成立以前，由西安到平凉，商人用货车带客，每人约需十八元至二十四五元。由平凉到兰州，看车多少，价有高低，但至少也要十五元以上。由兰州直回西安，货少，客票也就便宜，平常是二十多元。若是同日有车子开走，互相落价拉客，甚至十五元，也可以搭车了。自二十四年五月一日起，管理局的车子，已经通行，原定来往车价，都是五十元。货车是不是还可以带客，却不得而知。

旅馆　兰州城里，比较像样一点儿的旅馆，共有国民饭店八家。其中只有两家，预备有被褥出租。好在向兰州来的人，都是带有铺盖的，这倒没有多大问题。最贵的房间，一元钱上下，不带伙食。其次几毛钱的，也勉强可住。房间里除床或炕而外，只有木头桌椅，并无别的陈设，但多数有电灯。旅馆都在城里省府附近，容易打听。西北人朴实，兰州人尤其干脆，旅馆商人没有什么讹诈人的事情，旅客可以放心。

酒馆　兰州城里，并没有像西安那样大的酒饭馆，不过设下七八副座位，便是上中等的了。有一家最有名的菜馆，还是附设在旅馆里的，可以想见其余。有一种黄河鸽子鱼，也是请客的上品。鱼不过筷子长，大头扁嘴，嘴上有两根肉须，酒席上照例每盘一对儿。每一对儿鱼，却要值洋两元。省政府东辕门口，有家天津馆子，小吃倒不贵，有一元左右，两人可饱餐一顿。

澡堂　到西北来想洗澡，那是一件极端困难的事儿。当过平凉的时候，我本也想去洗澡。有人说，倒是有家池堂，只是那池子里的水像墨汤一样，臭气难闻。听到如此说，也只得罢休。兰州城里，总算设置完备，居然有一家澡堂，里面有四个木盆。地址在省政府西辕门,外面有“卫生澡堂”字样，很容易寻找。不过卫生的话儿，是不能深究的。那四个木盆，就放在一间窄小的屋子里，湿气纷腾，灯光惨淡，东方极下等的澡堂，也不至于如此情形。可是到了兰州，如要洗盆堂澡，除了这里，还没有第二家呢，澡价是每人三角。

土产　旅客的习惯，到了一个地方，总要带些土产走的。兰州的土产,我所知道的,只有两大宗,可以送人。其一是皮货，其二是瓜果，关于皮货一层，四季都可以买到的。这里的羊皮统，虽是比东方便宜，可是板子厚而且重，一斤以下的统子，可以说是没有。平常一件细毛羊皮男袍，大概十七八元。据传说，此地以猞猁狲、黑紫羔最好。猞猁狲我不曾打价，黑紫羔约一百元上下。（此外有一种羊毛毡子，可以铺地。毡分红白二色，长六尺，宽三尺，每条售价八九毛。）再说瓜果。本地人说，越向西，西瓜越好吃，水多而甜。本地有一种瓜，只二斤重，水像蜜糖一样，而且还带了清香。果子里面，要算梨最好。有一种醉梨，买回来先不吃，放在风凉的地方，过两三天，瓤软化了，喝起来像甜酒一般。他们说得津津有味，只可惜我早来了两个月，不曾尝到。

气候可爱

我在新出的一本地图上，看那说明上，说甘肃的天气，冬天极冷，夏天极热，热到沸点以上，这具有错误。那上指的天气，恐怕是再西的沙漠及青海而言，甘肃的中部和东部，气候是非常之好的。冬天虽冷，不过日子长一点儿，还不像长城以外那样厉害。至于夏天，根本就不热，最高的热度，不过八十度上下〔此为华氏温度，摄氏温度二十六度左右〕，而且还是指夏天正午说的。所以在兰州，夏布大褂，简直用不着。

我是端午前三天离开兰州的，满城人都穿的是夹衣，早上还非加棉不可，这比东南哪个避暑的地方都好。

结　论

当我打算作这篇游记的时候，本来只想写一两万字就为止的。不料动笔之后，觉得应该介绍给读者的事情太多太多，以至于比原来计划的字数，加增到一倍有多。还有许多琐碎，或不关旅行的，只好不写，免得拖长了，像是有意混稿费。现在对于全篇归总说几句。其一，到西北去，是很苦的，比旅行东南各省，那真是天上人间。不过当时是苦，事后回想起来，却又很有趣味。其二，关于旅客的安全问题，在陇东几个荒僻区域，略有点儿可虞。但是现在西兰公路管理局，正式通车了。车子是西安、兰州两处，每日对开。负责的人，在这种情形之下，总有妥当办法。其三，是旅费这件事。多带呢，可以不必，少带又不够用。兰州虽通用中央银行的钞票，但是沿路不行，要用现洋。辅币而且是每段用法不同。最好在西安、兰州两处，分别在出发地先打好汇票。西安是火车直达的地方，不打汇票也可以。其四，是旅行卫生了。这是向西北旅行比任何内地都要重要的。因为那边水是难得的，尘土又重，吃的喝的，恐怕非自己动手，不能十分干净。可是出门的人，又哪能自弄吃喝呢？这只有一个诀窍，非熟不吃，非热不吃，也许保险一点儿。其五，过了西安，那边关于安置旅客的条件，一切不完备，到了西安，不妨向人多多打听，旅行的东西，也充足的带着，旅行参考书也很少。唯其是这样，所以这篇《西游小记》，作到四万多字，全篇完结。

（原载于 1934 年 9 月至 1935 年 7 月上海《旅行杂志》第八卷第九号至第九卷第七号）

蓉行杂感

驻防旗人之功

成都作为都城，在历史上，可以上溯到先秦。然而，它不能与西安、洛阳、开封、北平、南京比，因为它不过是一个诸侯之国，或僭号之国的都城而已。经较成为政治重心的时代，共有两次：一次是刘备在这里继承汉统，一次是唐明皇避免安禄山之乱而幸蜀。但这在当时，为时太短，到如今又相距很久，留给成都的遗迹，那恐怕是已属难找。自赵宋灭孟氏之后，只有张献忠在这里大翻花样。然而，那并不是建设，是彻底的破坏。所以，我们看成都之构成今日的形式，应该是最近三百年来的储蓄，谈谈太远，那是不相干的。

满清一代，成都是西南政治、军事、文化据点之一，尤其是那班驻防旗人，他们扶老携幼，由北京南来，占了成都半个城，大大地给成都变了风气。他们本站在领导的地位，将北京的缙绅生活带到这里，自然会给人民一种羡慕荣华的引诱。在专制时代，原有“城中好高髻，四方高一尺”的倾向，成都人民在旗人的统治与引诱之下也不会例外，由清初到辛亥这样继续的仿效共一百年。然则这里的空气，有些北平味，那是不足为怪的。

（原载1943年4月21日重庆《新民报·上下古今谈》）

茶馆

北平任何一个十字街口，必有一家油盐杂货铺（兼菜摊），一家粮食店，一家煤店。而在成都不是这样，是一家很大的茶馆，代替了一切。我们可知蓉城人士之上茶馆，其需要有胜于油盐小菜与米和煤者。

茶馆是可与古董齐看的铺，不怎么样的高的屋檐，不怎么白的夹壁，不怎么粗的柱子，若是晚间，更加上不怎么亮的灯火（电灯与油灯同），矮矮的黑木桌子（不是漆的），大大的黄旧竹椅，一切布置的情调是那样的古老。在坐惯了摩登咖啡馆的人，或者会望望然后去之。可是，我们就自绝早到晚间都看到这里椅子上坐着有人，各人面前放一盖碗茶，陶然自得，毫无倦意。有时，茶馆里坐得席无余地，好像一个很大的盛会。其实，各人也不过是对着那一盖碗茶而已。

有少数茶馆里，也添有说书或弹唱之类的杂技，但那是因有茶馆而生的，并不是因演杂技而产生茶馆。由于并不奏技，茶座上依然满坐着茶客可以证明。在这里，我对于成都市上之时间充裕，极端地敬佩与欣慕。苏州茶馆也多，似乎仍有小巫大巫之别。而况苏州人还要加上一个吃点心与五香豆、糖果之类，其情况就不同了。一寸光阴一寸金，有时也许会做个例外。

（原载 1943 年 4 月 23 日重庆《新民报 · 上下古今谈》）

武侯祠夺了昭烈庙

到成都的人，都会想起了这两句诗："丞相祠堂何处寻，锦官城外柏森森。"但据此间考据家的观察，现在的武侯祠，实在是昭烈庙，原来的武侯祠，已经毁灭，不过后殿有诸葛亮父子的塑像而已，这话我承认。因为我游普通人所谓"武侯祠"，看到那大门上明明写着"昭祠"的匾额了。那么，为什么臣夺君席呢？那就为了"诸葛大名垂宇宙"之故。

这庙的前殿，两廊有蜀国文武臣配享，殿左右也有关、张的塑像，正殿左手还有个神龛，供着那个哭祖庙而自杀的刘谌。殿右角却空着，似乎是扶不起的刘阿斗，在这里占一席，而为后人驱逐了。

关于以上两点，我发生着很大的感慨，觉得公道存在天地间。凭一时代的权威供着长生禄位牌，终于是会与草木同腐的。王建在这里做过皇帝，他的陵墓当然是好，可是就成了庄田一千年。而现在发掘出来，人家都以为是奇迹了！

（原载1943年4月26日重庆《新民报·上下古今谈》）

夜市一瞥

无意中在西城遇到一回夜市，在一条马路的人行道上，铺了许多地摊，夹街对峙。那菜油灯光的微光，照着地摊上一些新旧杂货与书本，又恍然是北平情调。这虽然万万赶不上北平夜市的热闹，我跑了许多城市，还不见第三处有这作风，恐怕这又是驻防旗人所带来的玩意儿了。

夜市中最让我惊异的，就是发现有十分之三的地摊，都专卖旧式婴儿帽箍，这种帽箍，是用零碎绸片剪贴，或加以绣花，有狮子头、莲花瓣等类。不说我们的孩子，就是我的兄弟辈，也没有戴过这种帽儿，它早被时代淘汰了。今日今时，在这些地摊上，竟是每处都有千百顶，锦绣成堆，怪乎不怪？于是我料想到这是到农村去的东西，并推想到川西坝子上，农人的如何富有，又如何不改保守性。而成都的手工业，积蓄很厚，也不难于此窥见一斑。这些做帽箍的女工若能利用起来，是不难让她们做些更适用的东西吧？欧洲在闹着人力荒，我们之浪费人力，却随处皆是。

（原载1943年4月27日重庆《新民报·上下古今谈》）

厕所与井

据农业专家说，人粪是中国一项最大的收获，全国粪量，每年至少五千万万斤，若按每百斤粪值法币一元计算，也共值五十万万元，而事实上却数倍不止。粪里含有重要的肥田物质氮、磷酸与加里，是农家的宝物。成都一部分置产者，也许看透了这一点，所以除了家中大概有一个积粪的茅坑外，每条街或街巷口上，都有一个公厕，以资收获。这在经济上说，是无可非议的，而于公共卫生上，及市容上说，却是这花鸟之国的盛德之累。小学生也知道，苍蝇可以传染许多疾病，而茅坑却是生产苍蝇的大本营。公厕太多，又没消毒和杀蝇的设备，这是一个可注意的事吧？其次，我们就联想到井。成都是盆地，到处可以掘井，除了公井外，成都许多人家都有私井，这井与茅坑相隔很近（某外国名字的大旅馆的井与茅坑就相距不过三丈），茅坑里的粪水渗透入地，似乎跟着潜水，有流入井中的可能。这样，热天就极易传染痢疾。我想成都市当局，决不会不考虑及此，何以至今还没有加以改良呢？

下次再来成都，我将在厕所与井上，以考察市政进步之程度。

（原载 1943 年 4 月 29 日重庆《新民报·上下古今谈》）

安乐宫

记不起是在哪条街上，经过一座庙，前面庙门敞着，像个旧式商场，后面还有红漆栏杆，围绕了一座大殿。据朋友说，那里供着由昭烈祠驱逐出的安乐公刘阿斗，这庙叫安乐宫，前面是囤积居奇的交易所。这太妙了，阿斗的前面也不会有爱国家爱民族的人，他们是应该混合今古在一处的。朋友又说戏台上有一块匾，用着刘禅对司马昭的话，“此间乐，不思蜀矣”那个典故，题为“此间乐”，我想此匾，切人切事，很好，可是切不得地。请想，把引号里的话，出之囤积商人之口，岂不危乎殆哉？

蜀除帝喾之子封侯，公孙述称蜀王，李雄称成都王外，还有三大割据皇帝：刘备、王建、孟知祥，而都不过二传，他们的儿子，刘禅荒淫庸懦自不必说，王衍虽能文而不庸，可是荒淫无耻了，孟昶更是奢侈专家，七宝便壶，名扬千古。因之他们也就同走了一条路，敌人来了就投降。

于是，我们下个结论：“川地易引不安分之徒来割据，割据之后，就以国防安全感而自满。自满之后，就是不抵抗之灭亡了。”此间乐，其然，岂其然乎？

（原载1943年5月1日重庆《新民报·上下古今谈》）

王建玉策

在博物馆里，我们看见由王建墓里挖掘出来的许多东西，而尤其使我发生着感慨的是一排玉策。每条策上的楷书，还算清楚。他儿子“前蜀后主”王衍，一般的以正统自居，开宗明义，大书“大行皇帝”云云。我们可以想到历史上割据四川的人物，向来是无法无天的了。

在这里，我们不妨谈谈王建之为人。《五代史·前蜀世家》记着，他是舞阳人，字光图，年轻时，以屠牛盗驴、贩卖私盐为生，后从军，为队将，黄巢造反长安，他就转进入川，做了四川节度使，唐室不得已而封他为蜀王。唐亡，他就称帝，这个人是彻头彻尾一个不安分之徒，生之时，他享尽荣华，死之后，还有一番大排场，与其说是他八字好，毋宁说是四川地势便宜了他。设若唐代有一条大路通成都，王建恐怕做不了二十八年皇帝。所以据我们书生之见，治蜀还是以交通第一。

（原载1943年5月2日重庆《新民报·上下古今谈》）

川戏《帝王珠》

生平最怕读《元史》，君臣许多帖木儿（或贴木耳、帖睦耳，其音一也），皇后总是弘吉剌。且兄弟叔伯，出入帝位，像走马灯一样，实在记不清。在川戏台上，遇到一出《帝王珠》，被考倒了，一直到现在，无法知故事的出处。

戏的故事是这样：皇帝率两弟还都，杀文武臣四人，太后原与文人私通，出面干涉，帝当后前杀一人，太后刺激过甚就疯了，皇帝因太后淫荡之态太过，不能堪，就让他的卫将，把太后当场刺死。我们查遍《元史》，并无此事。而懂川戏的人说，那个年轻皇帝是帖木儿，当是元成宗，但成宗并没有杀过太后，而且他的太后弘吉剌氏，有贤名。只有一点可附会，就是帖木儿死，丞相阿忽台谋奉皇后伯牙吾氏临朝垂帘听政。帖木儿侄爱育黎拔力八达（仁宗）与海山（武宗）入朝，杀丞相，并废杀皇后。但这分明不是太后，且与帖木儿无关，和剧情又不同了。

但就戏论，萧克琴扮演老年妇人的性心理变态，极好。相信此戏剧创作者，必有所讽刺。若不出五十年，那就应该是刺西太后的了。清末，汉人多用金元故事以讥讽满廷，这或者是一例子。

（原载 1943 年 5 月 8 日重庆《新民报·上下古今谈》）

手工艺

物产展览会的手工艺品，真是琳琅满目，美不胜收。这何用说，是好，好，好！

然而，我有另一个感想，觉得往年的四川保路会，实在给予四川一个莫大的损害。假使川汉铁路成在十年之前，把西洋的机器运入成都平原，以成都工人这一双巧手，这一具灵敏的脑筋，任你飞机上的机件如何复杂，我想，他们都会是目无全牛的。

走过昌福馆，看到细致的银器；走过九龙巷，看到美丽的丝绣；同时发现那些工人，并不是我们所理想的纤纤玉手的女工，而是蓬头发，黄面孔，穿了破蓝布褂的壮汉。让我想到川西人是相当的“内秀”，不能教他造飞机零件，而让他织被面，实在可惜之至！

虽然经过某街，看到印书匠还在雕刻木版，舍活字版而不用，又感到好玩，手工艺，是成都一个特殊作风。

（原载 1943 年 5 月 12 日重庆《新民报·上下古今谈》）

杨贵妃惜不入蜀

遍成都找不出唐明皇留下的一点儿遗迹，于是后人疑到天回镇便回去了（可能此镇取名于李白诗："天回玉垒作长安"）。天回镇到成都十四华里，唐明皇至此，岂有不入城之理？事实上，明皇从天宝十五年入蜀，七月至成都。做太上皇之后一年，肃宗至德二载十一月离开成都，在蓉已有一年多了。然而在成都城里，实在不能揣测唐明皇行都之所在。

我这样想：假使杨玉环跟着李三郎入蜀，那情形就当两样，至今定有许多遗迹被人凭吊。试看薛涛，不过是个名妓，还有着一个望江楼，开下好几个茶社。枇杷门巷的口上（尽管是附会）还有一个亭榭拓着薛姑娘的石刻像出卖呢！以杨氏姊妹之名花倾国，正适合成都人士风雅口味，其必有所点缀，自不待言了。

孟知祥之不如孟昶有名，就因为他没有花蕊夫人。在这些地方，你就不能不歌颂女人伟大了。明皇无宫，薛涛有井，此成都之所以为成都也。则其在今日无火药味，何怪焉。

（原载 1943 年 5 月 13 日重庆《新民报·上下古今谈》）

由李冰想到大禹

李冰是四川人最崇拜的一个人，其功虽大，有时也许过神其说。若以治水而论，我想一切不必是李氏的发明，一部分当是承袭古法，这我有个证据。《华阳国志》记望帝之事说："其相开明，决玉垒以除水害。”玉垒便是离堆的主峰，李冰凿离堆以成内江，岂不是先有了开明为之在前吗？又李氏治水，有“遇弯截角，逢正抽心”八字诀。我们看了大禹治水，也不外乎此。黄河由北而南，阻于龙门，禹凿龙门以通河，这又是凿离堆以前的方法了。

大禹这个人，我们自不必认他是一条虫，那太离奇了；但亦不必断定硬有这个人。可是上古的水患，各诸侯之国曾自为治理，而又经过一个人更系统的修一下，或者去事实不远。假如这个假定可以成立，这个人就是大禹了（虽然他不一定叫大禹）。既然有人在李冰之先，大治过水，那么，李冰有所取法乎前人，那也是必然之事。

此外，我们又有所引申，李冰治成都之水，父启子继，费了许多时候。禹治全国之水，却只九年，应当是不可能。所以《禹贡》一篇，我们可以用孟轲之言：“尽信书，则不如无书。”

（原载 1943 年 5 月 14 日重庆《新民报·上下古今谈》）

东行小简

此文因节省写作时间，用文言。正如予不爱用自来水笔，强改之耳。旅行中倚装草草，随忆随书，文不择词，读者谅之。

1945年12月9日于贵阳招待所

别矣，海棠溪

予乘西南公路衡渝通行车，期在三号。因修车暂缓一日，凄风苦雨中，居海棠寓所二日，夜间雨雾弥漫，隔江望重庆灯火，恍然如梦。八年辛酸，万感交集。四日天明起，收拾行装，饯者云集。雨收云散，丽日涌出，旅客大欢。通车一列，本共五辆，路局因本社同人，共购票二十五张，特加开一辆以容之。以每辆适载二十五人也。百余人行李过磅，至费时，十二时方竣事。予车载同事四，少妇人七，小儿十一人，老太太二，又黄鱼二。予亦鬓发斑矣，同谓老弱专车。车载重三吨半，两旁置木板条，行李狼藉中央，前复置酒精桶三，人无插足地。

故一登车，而吁声四起。予素耐艰苦，殊不为意。一时半车行。予于车壁方孔中，向车站行注目礼。回忆七年来，奔走海棠溪南温泉间，购票候车，提囊负米，或红球高挂，奔避空袭；或烈日如炉，荷伞步行，万千辛苦，此处留纪念不少。今竟别矣。在站将登车时，遇温泉一老邻，问曰："迁回呼？幸喜又比邻。"予讶其何能想象及此？则笑而漫应之。眷属窃笑，此君殊为不了汉。实则彼因极忠恕之推测。因在渝作鹧鸪啼者，何止二三十万人，彼以为迁回南泉，理应是耳。然而余竟得行，谢天谢地，复谢公路局。

夜宿綦江

车行时，得前站电话，一品场山塌路塞，前途车阻，列车停二塘两小时。三时半，车始六轮共转，因行李搁置不适当，空气阻塞，酒精味弥漫。而座位布置欠周，颠簸特甚，未及一品场，全车昏晕，呕吐之声大作，予妻几晕厥。予经海洋，任狂涛掀腾不为意，而亦目眩胃胀，不能支持。过杜市，路旁柑橘摊罗列如锦，百元可得广柑四枚，予竟无力购此贱价物。张目望车外，山峰秀媚，亦无意赏鉴。昏暗中，抵綦江站，两人摸索卸行李，即四出觅旅社，归报均未有。有数大旅社，悉为过路部队下榻。予妻已病倒，面无人色，势不能露宿。无已，商之于招待所经理。一小客厅容三榻，其二为人据。一榻，大餐桌也，上覆有简单被盖，乃以置之病妻及二雏儿。予则于桌下得一席地，列地铺。另二雏则偕同事在甬道中席地卧。其他妇孺，悉纷纷倚人篱下，在陋屋中，作“搭桌戏”。安置妥，已不畏风雨。俟病人睡，予偕同人夜饭，勉尽一器。乃携杖作夜市巡礼，示吾尚不弱也。綦江一切为重庆最小之缩影，唯一特征，即橘柑摊遍地皆是，然其价已略昂于经过各小站矣。

由东溪到松坎

五日天未明起，张灯火在风雾中上行李。因昨日经验，乃妥布行李。司机一座，予妻已让黄老太太者也。不获已，索回。商之领车朱队长，将另一车司机台座居黄老太太，蒙慨然允。朱队长桐城人，与予为小同乡，机械化学校毕业，盖大材小用者，因以相谈甚欢，沿途乃得多协助。八时车行，雾气充沛中，见悬崖下翻车，同车为之惶然，继而烈日出，客心渐安。而空气流通，晕车者减半。十时抵东溪，车停，听客进午餐，同人多未食，予亦空腹，使胃减少消化力。东溪路上一大站，但见十轮黄幔之美式车辆，绵延如龙，罗列街檐，其所拖曳或载运者，悉为新物资，事涉军机，不便言。然于此以窥美人之助战者，已可得全豹一斑。予妹及妹婿居此，以早日得电，在站迎已三日。见吾妻，几不相识，可知其昨日之受创甚巨。未及十余分钟之谈话,车将行。天涯手足,风尘小聚,几时不见,见了还休，争如不见，殆此情也。予妻与予妹挥泪中，车已别东溪。予有戒心，先进八卦丹少许，下午幸不昏晕，车沿山崖小河，循绕登黔境。黔北，山峦渐高，灌木隆葱，虽鲜丛林，而巍峨奇伟，胜于重庆附近者良多。两时半抵松坎。以有一车发电机焚毁，予车之拨斯亦受损，遂不复行。旅客均呼皇恩大赦，其苦可知。松坎在四山包围中，凹入一大谷。村落夹公路而列肆。除小旅馆外，均为黑木板壁之小店，车到时，适乡人赶场未散，一望白布缠头之人首，纷纷街上。但所交易，悉为微少之农作品，一切近代品或城市日用品，均缺。“人无三分银”，入其境亦可想见。以“未晚先投宿”，觅下榻地尚易。予于小旅馆三楼，得仅可容之四榻。其下为茶饭馆，坐稍定，于五时半进餐。此地猪肉甚贱，斤二百元，鱼亦贱，斤三四百元。故客饭每客四百元，有鱼肉。唯无卫生可谈，厨钩所挂鱼肉，群蝇丛集。予嘱家人，热食可也，无恐。七时就寝，居然入睡。

桐梓之一瞥

六日鸡三唱，旅客尽起。燃灯捆行李，随人纷纷下楼。仰首天空，雾如蒸汽，细雨纷飞，非雨，雾也。街沿下，市人列案张灯火售豆浆煮鸡蛋。在寒风凛冽中，饮豆浆一碗。同行有同事之眷属，吕恩小姐，《鸡鸣早看天》中主角也。予询："下次君演是剧，当获实地经验不少。"伊亦笑曰："决不如在剧中着漂亮装矣。"八时车行，车渐入险境。公路盘高山屈曲而上，有名之七十二倒拐及钓丝崖，均在松坎南。以雾重，不能远视，唯经钓丝崖时，知车穿一悬崖而过，其下草木青隐，深远无底，路宽仅两车并行耳。车盘山愈高，雾愈重，小儿辈惊呼已入半天云上。至最高峰华楸坪，雾成密雨，三四丈外不见人，来往行车，均明灯放号，遥为呼应。九时半，入平谷，日复出，回视来路，全在云中。过独峰关、娄山关，公路在两峰夹峙下，平底蜿蜒一丝，穿山越谷而过。生平所经嵯谷、函关陆路之险，至此有小巫见大巫之别。有一营人守夹峰，配以利器，虽十万人莫过也。所有各山，峰峦挺立，层层环抱，兼桂蜀两处山峦之长。予已不复晕车，驰目之余，得画意不少。过此复得平原，在四山间，为熟米铺蓝田坪，已近桐梓而为富庶区。十一时半，抵桐梓，车入城抵站。此间街市，颇具小邑彩色，街店走廊相衔接，令人忆广州、洛阳旧街。午饭于站午客店，同人均已能进食，予大喜。饭后，知车队经蓝田坪，有一军官之妻攀车不遂，坠伤，车乃被扣，又不得行，五车客，纷纷投旅店。交涉至晚，被认为凶手之一湘人，贫汉也。出医药费六万元，始被释。其乡人出而募化，吾车乃共捐一万元。予曾于晚间小步市上，除旅饭馆外，店主均售土产。家家燃桐油灯，吾人乃入十八世纪之城市，奔走半条街，始获购土制洋烛二支，其他可想见。是夕上半晚，为讼事议论惊扰，下半夜则客又筹备登车，经夜未睡。此城米肉均贱，生活程度甚低。肉三百二一斤，米千元一市斗，本地产，不复仰于川米矣。

乌江之养龙乡

七日晨，仍雾重而寒。七时半开车，路上时得平原，沿路植小柳，略有江南风味，唯四周山峰，均童童相开，间杂乌石。十一时抵遵义，原为府治。公路环城而行，不见真相。车站在新城，仅有店铺十余家，专为旅人设者。小店中进食，尚可。有炒猪肝、红烧鱼、炒腰花、炒肉片、菠菜豆腐汤，均大碗，大小七人，共耗两千五百元，不算贵也。一时车行，二时经乌江。两山夹峙，下陷一河，公路凿石壁作“之”字形，下筑一桥。桥为钢梁，不复令行人唤渡也。过江有小镇市，多旅舍商店。二时半，抵养龙乡，此为小镇，公路设救济站于此。车到四辆，均言油竭。须加油，又不行，距贵阳仅九十公里耳。西南路局有例，按里配给司机以油。油逾量，须司机赔垫。油有余，可以公价二千元一加仑，变售予路局。但司机言山路盘绕，所发酒精，恒难适合。此队去渝时，每人赔酒精价二万元（系运兵）。现又差三加仑到贵阳，故不欲行。吾人外行，殊难明其究竟。而本车司机，吾人已早约当略酬辛苦，对吾人谅无意外，此事难作断语。但朱队长畅言，决负责到贵阳，不使吾人有所耗费。故吾人知事之关键不在本车，然已停矣。即早为计，以觅旅所。于街上茶馆楼上，得小室三间，其一已为人有。吾人大小九人，挤于此。吾所居室，上纸篷空其一角，而纸窗临路，又缝隙四去。晚饭后，展被而卧，仅四小时，为严寒惊醒。予妻起，子亦起，乃挑起桐油灯，拥大衣对坐，以待鸡鸣。拂晓后，启户外视，浓霜覆野，其白如雪。吾为妻吟唐诗曰："'鸡声茅店月，人迹板桥霜。'悟此境乎？"妻笑曰："对户有董小宛妆楼，诗意犹厚也。"盖演《董小宛》之秦怡小姐，亦同车。适居对街，临街楼，昨晚曾见其启窗挽发。彼故作此语，以解苦闷耳。

贵阳管窥

八日行四小时半，到贵阳。入站，适闻工厂午饭汽笛，儿童惊为警报，愕然。予告以故，并曰："吾侪从此为太平之民，不复有警报矣。"午投宿招待所，环境清幽，宿舍清洁，身心为之一爽。向车站数度接洽，如换四吨半车，九日晨，即赴衡阳。是日是为星期六，今明均无法拜访友人，颇感失望。

后知同队有两车未到，势必展期，则始作留一日打算。下午，省府周叶子君来，言省府李定宇秘书长愿留约一谈，望能稍留，并已派人至车站代洽。晚间，两车仍未到，路局宣布十日行车，吾人乃放胆徜徉市上矣。贵阳为重庆人所熟悉，无待介绍。约量言之，城在一平谷中，童山环绕，平坦可步。经轰炸后复修，旧街市狭巷，已不易见。城中大小什字，为最繁华处，略逊于重庆之民族、民权两路。街旁店户均有走廊，人行道在廊下，雨天较便。杨子惠主席好建设，现仍继续拆屋建路中，唯市政似绌于经费，路面失修，碎石磷磷，步履维艰。街上几至十余分钟不见汽车，代步多为一瘦马拖行之轿式木车，下置两橡皮轮，拥塞可坐四五客。此外则苗族人在冷巷兜售山货，如松子、板栗之类，其他城市所少见也。

贵衡段路多平坦，又换大车，以后全程，五六日或可达。至治安一点，闻一月来，仅镇远边境，出事一次，死一司机，伤一领队，似为土匪所为，旅客无恙。湘境以洞口一山为可虑，但未闻出事。且大军尚未全撤，平安可期。第二函，恐须至衡阳始能有暇执笔也。

筑市印象补

在贵阳招待所小憩二十四小时，于古木清幽之院落中，品茗吸烟，征尘尽涤。贵阳难得晴天，小息时，适风日清和，小步通衢，机会至佳。续获印象，可得言之。此间依然是下江人世界，商廛巨贾，全属外籍。大小什字，以西药店最多，次属旅馆、食肆。百货丛不若渝、蓉之盛，唯纸烟行庄，随处皆有，除黔产外，则为美烟。黔对外来烟，似壁垒甚严，在松坎，即不复得睹川烟于烟摊子矣。筑市禁卡车入城，小座车终日不见，偶一二吉普车，疾驰而过，行人避之遥远。此外则北式骡车型之小马车，如一矮轿，车夫懒洋洋地引辔徐行，颠簸道上，人力车破旧，甚于渝市，不复可坐。滑竿轿子，均未见也。食物价格，大抵低于重庆，人力尤贱，车马夫衣服蔽败，码头工人亦然。此亦可见筑市过去六七年之炸后建筑，乃纸糊政策耳。大小什字旁，有一小巷，陈列旧物出卖者，摊贩联结不断，数出千所。批售旧衣物者，多两粤人，抛其所有，将易资归以购新者，但其价并不贱。另有小部分出卖美军剩余物品，如糖果、纸烟、西药等，遇此道中人，可以八折市价例获进也。

在马场坪

十二月十日晨七时入站，改乘西南路局四吨半车。车载重倍前，而容量依旧。车中酒精桶，由三增而为五。局制贵衡段间每车载客三十名，海棠溪来六车，并而为五，拆散一车旅客，分纳于五车。旅客以结伴既久，相安无事（其实不然），与站长约，登车有优先权。于是吾车来五客，男三而女二，后来居上。其势汹汹，横目而视。余力劝全车眷属忍耐，退居其后。余忝居领队，殿军，屈膝于车尾一行李卷上。犹忆在二桥谒见西南路局运输组长沈振人君时，保证绝对满意，非沈君保证，殆不免挂腿车沿矣。六车并为五车问题，纠缠至久，让开一切客车先行，至十时方开车。车门将关，又来二“鱼”，云是厂方人，姑亦听之。而人更挤，膝更屈。五人行李卷，多已捆束车顶，隔壁缝窥之，上已高据三人矣。“鱼”乎？未可知。时天渐阴，一路晴朗，窃幸之，今将天变，颇忧。但一念车顶上有人，能塞挤车厢中，亦足自慰。一时半达贵定，中尖，县城不大，城外公路停车处，新建之食店，售价甚昂，店主多粤籍流浪者，口味亦不适普通旅客。客饭由松坎之四百元增至六百元矣。贵定而来，童山濯濯，杂以黑石，公路在此中曲折穿行，无可观者，至为枯燥。六时达马场坪，固以闻名久矣。上间有二市，旧市稍远，新市即停车处。为旅客而设之旅馆、食店，夹道长达里许，本不足为下榻忧。适先来军车六十辆，衔接如龙。车中人据经验所得，知不妙，数人一跃下车，狂驰上街，即奔旅馆。余素镇静，大不了，睡地板耳，何惧？此车司机陈君，队长关君，相处已稔，即来相慰，谓万不得已，可至车站过夜，并介绍见站长。站长姓关，

《新民报》忠实读者也，慨然允，并许以火盆见赠，余力道谢。幸同人等，居然于一皖籍人所开茶馆上得屋两间，各有一榻，大喜。晚餐于一上海馆，竟得果腹。唯有二苦，水如泥汤，不能饮，寓楼桐油灯，油垢堆如癞疮，至不敢着手剔灯，见之欲呕。予亟移灯出户，代以烛，余展被睡楼板也，偿夙愿也。

黄平苦笑之悲喜剧

昨日阴雨霏霏，小道路已湿，夜半闻淅沥声，令人悲苦不寐。寒鸡三唱，铜笳怒号，晓寒侵入，披衣遽起。燃烛促诸儿起，各各恋被，其最稚者，哀啼，余虽不忍，未之理也。于寒雨中瑟缩登车，同人拥挤较松，因二三事务人员，将行李善自部署，以箱为凳，以被盖为垫，较易插身。由马场坪，经过平越锌山而达黄平。黄平县尤小，数十户冷落山家，于黯淡气氛中，沿公路为市。车中人谋中尖，无适当处。余等入饭馆，有两桌，尽为人占。店主于柜房中支一小木架，置圆板其上，是却为案。店中供客无多物，唯猪羊肉及米粉丝，以小碟盛黑盐，与食物同供，若大都市餐馆之增酱醋也。余食煮米粉一碗，清淡不知何味，且有羊肉膻气，妇孺皆摇首。妻观余强食，坐其侧唯哂。余笑曰："不才愈经艰苦而精神愈旺，何欤？"食已，不闻司机呼登车，询之，本队有一车已断钢板，已入厂修理。前面经恶山鹅翅膀，须结队行，故停车静候。于是旅客窃窃私议，面有忧色。黔桂路设修理厂于此，有招待所，楼房清洁，为小站之所乏有。视表已二时矣，客有主张即宿于此者，盖十一月三日，有西南路队车经前山，匪徒以机枪扫射，死旅客二，司机一，伤队长一，全车被劫，损失数百万。此一事也，在海棠溪闻之，在贵阳闻之，一路均闻之。于是如老子之无化三清，传之为若干件劫案。此时，适有苗族妇女三五，花衣布裙草履，裹腿，荷担而过市，众目灼灼，知已入苗族居住地区，更有戒心。相趋入厂观修理车，先是拆钢板不得。拆已，觅刹车油。觅得，久久换钢板不上。换已，而中心钢钉断。又视钟，将近三点。过鹅翅膀最好正午，愈近晚，愈不妙，众惶惶然，时作苦笑。有强自镇定者，则于冷店中灰板门中采购白木耳。西南路沿线，有两处产白木耳，一在遵义，一在此也。然其价昂于贵阳市，尤贵于汉口。闻汉仅两万元一斤，此处则索三万至四万。购耳者意在搭讪，则亦置之。再入厂，见机匠三五，口角衔纸烟携钻斧，笑坐车下，从容将事。一司机曰:“队长所领车，去远矣。彼最怕死，在施秉见候耳，彼能独过鹅翅膀，吾敢输一东道。”旅客闻言，面面相觑。

黄昏经过鹅翅膀

三时又半，车行矣。吾车居队之第二，窗外观，奇伟山峰，罗列左右。草木蓬蓬如乱发，不复童然。行三十公里抵施秉，队长领一车果候城外小镇之口。闻四车均至，即呼行。司机敞开油门，轮转地面，梭梭有声。先是在马场坪过大部军车，皆色然而喜，以为此行甚有保障。黄平延误三四小时，但见军车一辆复一辆，皆相率驰，目送之去，暗呼可惜。现过施秉，直上两军车。贵阳后来妇，喜而大呼：“有军车！有军车！”客皆探首外望，唯恐远离。施秉虽为一县城，其冷落状况尤甚于黄平，遥望城如斗大，微圈镇之一角。数十人家，散落荒地。故城外道路寂寞，不见行人。车现远离，便屈曲登山。四周皆灌木，峰峦高下杂深草，蓬松如醉人头，车人遥指草中蜿蜒一径，当为通苗族人村处。所幸一军车在队前，两军车在队后，若有意拥护，差堪告慰。车盘旋山路约三十分钟，忽有一车油管阻塞，则相率停山巅，以待修理。而前后军车，皆弃我而去。探首四顾，天风荡漾，乱草摇曳作声。峰天相见，渺不见人。天且黑，行将奈何？问司机抵鹅翅膀未，答尚在数公里外，则愈为遑急。约十分钟，车始于破山巅而成三峡口中穿过，乃逐渐下驰，将迫黄昏，抵鹅翅膀。其地三山环抱，中隐深谷。公路由南山经西山而北上，更由此山折回。其形势略似成渝路上之山洞。唯曲线延长，来回约二十华里。中有一桥，下为洞，经桥转回，然后过洞，一如山洞。上次劫案，即匪持枪桥上，俯射桥洞之车。众客惴惴，默然无语。唯东层曲路，左右望上下之字径，皆有车如走马灯追逐。夜幕张矣，车上折光探路灯齐明，数十道白光，散布高山深壑中，蔚为奇观。车笛呜呜，遥相警道，情况乃极紧张。现面南山缺口中，露水光一片，余乃告车中人，是为抚水，抵镇远矣。后闻桥上树悬两劫匪头，已成骷髅，因夜黑未见。

一线之城——镇远

儿时读地理教科书，有镇远一课，书中言此为西南咽喉孔道，舟逆流滩下，水怒欲飞。且绘一图，以助文意。窃思今生有至此处一日否。继自答，殆不能。因满清末季，入云贵如登天也。十一日晚，于数家灯火中(实不能称为万家)行抵镇远，旅馆拥挤情形，一如马场坪。于旅馆楼上得小屋二间，一以住三同伴，一以自用，榻让诸儿，余仍睡楼板。唯四十年来夙愿，偿于一夕，精神兴奋，不可名状。晚餐后，手携木杖，独步街上，意甚自适。杖上刻有文：策杖观太平，适余此时意乎？独步河街约五里，灯火寥落中，细雨如烟。除一二军车，张灯驰过外，街静欲睡，河水潺潺时有声来。余故欲入城，行如此久，道不得西，良怪。则拄杖小视，南为宽河，经为阡峰，街道一线，都在此处。依山人家，逐层而上，傍河人家，下有吊楼，酷似重庆，予恍然悟，限于地势，此城殆不得有二街。归询店主，予臆中也。镇远有府县两城在此，东西设门，南北无道。城上略有城堞，且亦斜上。清有将军驻此，果然镇远。隔河为县治，另有一城，然旅客匆匆经过，鲜往拜访也。

盘山紧，玉屏松

十二日晨七时半，去镇远，车疾驰，盖前方为贵东险地盘山，又一关劫。余心绪虽未必坦然，但书生积习，未能遽忘，则倒坐而观车后诸山。但见松柏苍翠，半杂红树，奇峰突立，云钻其腰，间有小谷，烟雾弥漫，半露赭叶。除浙西诸山，无此佳丽。此而出宵小，何山川秀气转戾也？由西而东，云树模糊，雨势渐密，然近观树木之绿或朱者，无不清洁如洗。时有涧水泠泠作响，环绕二三木架人家，于大树丛中独拥小谷，毫无荒凉气态。觉此等山水，不应有恶徒，情绪稍逸。又二三十分钟，车达山巅，人家已渺。林木葱郁，过于前者。越巅，车路盘旋增多，长短约三四十曲折，穿过七八峰峦，于路旁见一木牌，大书“盘山”二字，余始悟盘山是由东向西盘则非由西来也。木牌所设，显示登山之始，倒观此牌，分明日出盘山境矣。九时，抵三穗县，雨点淋漓，路已如浆。

于路旁一整洁餐馆，烤火品茗，车人麇集，而各带笑容，相庆日又过一半矣。十一时离三穗，三十公里抵玉屏。县城圈颇大，人家聚于南角，车由北端荒地中，穿城而过，车停东门外。今街上除茶饭旅馆七八家外,余悉卖箫笛者,玉屏箫（洞箫）素驰名国内，吾车中除贵阳新来之五客外，余皆略带风雅趣，相率下车购箫。此间产扁竹，粗如拇指，节疏，以之制箫，其声清幽，匠人磨琢光滑，镌书画其上，即不能弄，亦可清玩。箫论对儿售，每两支附木盒，价千元至三四千元不等。买箫者，可鉴两支节相齐否？然后横三指比箫孔，视其度数差异。至上所镌花，乃属末节，箫有白色、芽黄两种，黄者虽较美观，系熏染所致，久则变色，不足取也。过盘山之紧张，与过玉屏之轻松，仅三小时之时间，相异如此。

晃县吃大鱼

过玉屏之龙溪乡，却入湘境。该乡镇东口人家粉壁墙上，有三尺见方大字，题曰："湘黔锁钥"，故一望皆为两省交界处矣。车愈东行，山谷树木愈为稠密，且村落相望，贵州之荒凉气象，不复存在。二时半，抵晃县。因雨淋路滑，司机宣言宿于此，则于满地泥浆中，出觅旅舍。因军车亦停于此，可宿寓楼，早已客满，于一漆黑旅店楼上，再得各有一榻之二屋。余等一组，男子四，小儿四，女一，予笑告家人，又是一夜楼板矣。在三穗，已见饭店食物钩上，悬两尺长大鱼，故群儿投寓方已，即争呼吃鱼，同行最大之一儿，已不过四岁入川，其他三雏，焉知大鱼之味？予怜而诺之，就食于附近饭店，为之特点二菜，一为红烧青鱼，一为炒湖南腊肉。食时，案上汤汁淋漓，与四儿嘴角之油光相映照。予正色告之曰："抗战八年，乃父丐文重庆，无足称者，但以此席证之，汝等已获得胜利之一分矣。"饭后，欲巡视街市，同人言已过之。此为车站所在地，均旅馆食店，无足言者。邑城去此二里许，在河之东岸。喧宾夺主，汽车通后，旧城已不复经人齿及，予乃废然而止。其他可得而言者，则玉屏人所操语言，尚为西南官话，清楚易懂。晃县则操湘音，语音重浊而躁急，尾音多卷舌而助语气，非用心听之，虽好游如我，亦不多了了也。贵东物价略昂于湘西，虽西南公路所在，均为游资所刺激，以晃县与马场坪较，每客饭即贱百余元矣。晃县为湘西边境最远一邑。货客多由此转口，故西南路于此，有贵晃区间车。每周两次，每次三辆，则其平时之商运亦颇可想见。

队有翻车

十三日晨，于重雾疏雨中，车向芷江驰进，九时抵城郊，西来人均争向窗外探视，以瞻仰此受降圣地。顾市廛湫隘，薄瓦白木，轻便支屋，与军事重镇四字名不相称。车停于东门外进膳，匆匆二三十分钟，司机即来催促上道，路与大飞机场平行，坦直无阻。车行三公里，至七里桥，队车第二辆，滑入路旁，损茅屋一角，伤一小儿。司机欲飞脱，转轮上道，车乃右倾，司机未刹车，更左扭。路滑如油，轮不听命，遂邃扑道旁坎下，六轮朝天。吾车尾随其后，见之最清楚，立停车往救，余首奔往，秉孔子“伤人乎？不问马”之旨，问伤者几何？司机面色惨白，操手立道上。旅客坐卧坎地青草上，衣服尚整洁。有人代答曰："幸甚，幸甚，轻伤三五人耳。"余车上黄老太太，原移坐此司机台，即往探之。其媳已扶来相就，并无损害，乃大慰。芷江无西南路管理站，须往前三十公里至榆树湾呼救，于是迎黄老太太上车，急驰前站。至时方上午十一时，旅客不待司机通知，即纷觅旅社，队长原已率第一车在此，即驾救济车及机匠回芷江施救。四车陆续到达，互相询问。榆树湾车站，仅七八家旅社，街市在站后数十步外，故西来旅客虽分别投宿，而一呼即至。群包围站长者数四，欲明日先行。站长以一队五车，休戚与共，例不能拆散。且榆衡路远，同行宜共患难，余甚是其说。唯旅客有川资不足者，有急于东归者，众怒难犯，余亦不敢赞一辞也。

滞留榆树湾

十三日晚，云霁雨止，新月如半镜，高挂大树梢上。小步公路，长河在右，水流澌澌。小山在左，秋树扶疏。忽念半年前，此尚为第四方面军指挥部所在，今则万籁静默，容我小息，人生之变幻不测如此。所寓楼下为野茶馆，桌椅整洁，面临广场，则将所需好茶，泡沸水一碗，闲剥二百元一斤之长生果，聊解终日车厢颠簸，颇觉自适。时站长熊君来就闲话，谓此路翻车，乃属常事。军车有“五里一停，十里一搁”之称。在此前二月，有两军车为日人驾驶，押运员沿途上客，量乃过多，日司机告以车不任负荷，恐抛锚。押运员怒，遽批其颊。此日人怀恨于心，当经遇前面险岩时，以后车撞前车，两车六十余人，同落深涧，无一幸免。西南路对司机谆谆告诫，凡遇军车，必停道旁让之。军事第一，亦礼也。否则，撞军车，罪不赦。被军车撞，罪亦有应得。余乃为之莞尔，以其措词蕴藉之甚也。十四日天阴，候车至正午，翻车仍未来。但据讯，旅客有三人负伤，其一陈大高，即监督公路运输之顶头上司夫人。太岁头上动土，路局与司机，乃至不幸，传全队车辆，将被扣于此。旅客大哗，争谓罪在翻车之一司机，与另四司机何涉，与百余旅客又何涉？群以为余为新闻记者，请仗义执言。余笑谓此系气语，不足介意。群复包围站长请允诺明日必行，站长以坏车损坏至如何程度不可知，且司机已遁，驾驶乏人，难于决断。至下午三时，旅客正纷集广场上，见救济车引翻车至，除车厢略破外，余均完好，众乃猛烈鼓掌，并争慰坐救济车上之受惊伴侣。余调查结果，实无重伤者，除陈太太留此间检查所长公馆外，其余旅客，均愿随车东行。司机职务，则由救济车司机任之。有人伤者，均已在芷江就医。一场纠纷，于是解决，吾人则损失二十四小时光阴与旅费数元耳。

安江待渡

十四日晚，大雨，次晨雨仍淅沥不止。站上以办医药费手续未毕，至九时后方启行。十二时半抵安江，须过渡，渡口先有军车三十辆停轮待渡，且闻其后有数十辆再来。公路上例，军车未渡完不渡他车。安江公路，以拖驳汽艇无油，渡船以四船夫摇桨渡车。每次以渡二车为限，且每渡须十余分钟。众知今日未必能渡，即渡亦无法再行，即纷纷过河觅旅舍。余等于街泥没踝中，觅得旅馆后，身立小屋落脚，且密邻厕所。势逼此处，奈何！安江为湘西大邑，日人西犯时，衡阳机关多迁于此，《中央日报》亦移此出版。自贵阳东来，今日得首读当日新闻也。此城临河设市，在水上望之，屋宇鳞次栉比，富庶可想。唯过江后，满街黑浆，未能出巡。但旅客等言此地出橘柚，各购若干，广柑不亚于川产，每斤一百二十元，可得四五枚，于行李堆塞车厢中，勉力塞进一二小篓。后至衡阳，询知广柑价，每斤仅八十元，无不哑然。吾车旅客，以泥雨渡江，运行李不易，留三同人候车上，未遑搬运。直至深夜二时，全队车始渡毕，余无被盖，又不敢多用旅社被褥，拥大衣半坐半睡大榻上度夜。

过匪区雪峰山

十五日晨七时，于细雨蒙蒙中登车。出安江二十公里，即开始登山。山愈旋愈高，而云雾愈重。先上一岭，名鸡公口，共二十华里。略得平谷，间有人家，则不盘于一岭，名雪峰山，共四十华里。此处本十年来著名匪区，自日本投降后，未闻出事，最大原因，即第三四方面军先后驻此，努力扑剿，匪无可立足。由榆树湾至衡阳，现犹有一个“半新装备军”驻守，匪殆难一试。是日，吾车前后军车络绎如龙，吾人亦颇有所恃。唯山路石少泥多，雨后浸透，泞滑如油。既近山巅，盘路短促而坡度陡峭，车轮辄旋转不上。自榆树湾起，所有车辆，均以链圈套其左后轮，链深陷泥内，支车勿退。闻虽如此，而每逢陡坡，司机均下车扯乱草铺地，备车轮辗草而上。泥中乱辙如麻，均深陷尺许。但闻车辄泥浆呼之有声，每一停顿，群车陆续受阻，“之”字路上，层层停车，遥望若堆小楼。且阵雨来时，云封前路，山高寒重，冻坐欲僵。凡此盖两小时，始尽上山之路。直至雪峰山巅，有较平之道一段，沿岭脊而行，但见浓云中丛林隐约模糊，由车窗外缓展而去。冻风扑面中，窥窗外来去车，均亮灯穿雾而行，觉渝川黔道上之华楸坪，乃较此坦多矣。雪峰岭上，犹有两三小镇，各拥七八人家，其间一镇，尚临雨作傀儡戏。傀儡之大，几如十龄小童，实生平所仅见，然亦可想此有名恶薮，亦在度太平盛世矣。

洞口宝庆间

下雪峰山，入长峡，两山环抱，中有一河，流水潺潺，曲折而出，以车行时间记，约达二十分钟，闻上年敌犯湘西，即经五十七师以两个连阻之于此。出峡，遂抛弃一切山地，入于平原，每逢区村镇，均砖墙瓦盖，人家建筑完美，已入富庶之区矣。下午二时，抵洞口镇，驻车投宿，雨势连绵，寒气压背，所幸觅旅社尚早，同人各得一屋，烘衣进茗，不觉四时已过，于饥肠辘辘中，六时进本日第一餐，吾人由海棠溪东行以来，日正式进两餐者，盖鲜，中途恒买杂食打伙，每过大山，不得食店，则忍饥挨饿抵站而已。洞口亦系夹公路之街市，毁于战火，屋多新建，吾人盖以第一步踏入收复区。镇外平坦，稍远略有丘陵，故洞口军事重地，实不在本镇。傍晚军车云集，司机通知，明日需在军车前面先行，否则宝庆过渡，又将延误一日。因之十七日山鸡初唱,吾人即燃烛登车。天略带白色，车已驰进，一路东进，均属平路，速率每小时将近三十公里，十时半抵宝庆，隔河望城市，劫火之余，房屋尚存其半，城堞则摧毁不见，河岸空荡，并无他车待渡，同人大喜，资水由南而北，至北渐阔，水迂缓而清碧，公渡以四小艇架木板载车，四人摇桨渡车，每次仅过一辆，设不早来，今日阻资水无疑矣。抵站，杨站长来与共话，谓得沈组长电，知余来，问有所需助否,余答以恐衡阳投宿困难耳,杨君即先以站上无线电，托衡站梁站长向招待所定屋,余深谢之,此则所受沈君之惠也。由宝庆东行,同人频计旅程,恨不一蹴而至衡阳,三时半抵站。

衡阳今日市况

衡阳经四十五日之鏖战，原有九万户，为炮火洗劫殆尽，完好者仅几户而已。一路行来,坍墙残屋,触目皆是。车进城，辗转于瓦砾场之小屋街上。同人相顾失色，谓将何处投宿?抵站即晤梁站长，谓已获电，业通知招待所尽量容纳，该所固尚未开业也。同人闻此，均感渝衡段之一切难关均已度过，各有笑容。至招待所，正油漆家具，弹制被褥。幸屋尚多，同人皆谓在此楼房整洁之旅馆投宿，睡卧地板，亦系天堂。幸余与《旅行杂志》有十年撰文交谊，同人二十余名，均得经理之助，各获床榻。布置已，即出视此劫城。此城现略成街形者，只有中山南北路两旁店肆，均支木架依残墙，作临时屋。其有具楼屋形者，乃以假面具，盖由西来人指示，用重庆建屋法，以竹片夹壁，糊泥其上，且亦仅正面一面耳。湘人做事向守实在主义，食物必堆满盘，建屋必用砖墙，今均草草了事矣。市政府在一残存之小巷中，市长系由军人兼任，尚未至建设时期。全城本有警察，系以士兵代布岗。岗位正修碉堡，故晚间十时戒严，禁止通行，亦未解原因所在也。衡阳屋少人多，在中山路一望，但见人头滚滚，簇拥一片。大概除经过之旅客外，川贵来转运百货、布匹、纸张之小商人，均集于此。上述各物均比重庆约贱一半儿，上等湖南青布每尺售三百余元，阴丹八百元，僧帽牌鱼烛，每支二百五十元，汉口制小大英十支盒二百元，举此可见一斑。唯食物仍贵，猪肉每斤四百元，米一市斗一千四五百元。大鱼每斤四百余元。而食馆价格，尤为惊人，锅贴每个四十元，包子每个售至六十元。初次至一小菜馆晚餐，五大人而四小孩，耗九千元。后访知一大湘菜馆，九人吃五千元菜，剩余一半，是食馆标价之毫无标准，乃绝大证明也。旅客过此，是不得不为慎审从事也。

粤汉路轻便车

衡阳为交通枢纽，西南公路，终止于此。而湘赣、湘桂、湘粤诸公路，亦无不以此为起点。粤汉铁路，以北段破坏较轻，由衡阳至武昌，已通轻便车，以汽车为引曳，颇为有趣。引曳之汽车，去其橡皮轮，代以钢轮。其余，则普通之四轮卡耳。其后引三车厢，车厢特制，以木为之，远望之，有如一架床，周围圈以木板，上覆席篷或黄布幔。轮小，距钢轨不过一尺，小儿可以攀登。车门高三尺，人鞠躬而进。箱中横置木板八条，每条规定坐五人，行李则置凳下，故乘客限制行李极严，每票定十五公斤。其实并不过磅，旅客可径自携入。但携入超过凳下尺寸之地，必占他人地位，旅客亦不能容也。每车厢以容四十人计，每次车可载一百二十人。机车后身一卡，并卖站票，则为路局伸缩之地。票价不贵，由衡阳至武昌，每票八千二百余元。车行三日，一日至长沙，二日至临湘，三日至武昌。旅客到站，下车投宿，亦如坐汽车然。衡阳站长柴君，浙人而生长平津，办事尚认真，每日售武昌票六十张，先一日登记，毕，即不再卖票。执复员公函者，每次以售十票为限，但照例须排班登记，军人亦无例外。余向站长三次交涉，均告以如此，良然，则亦备公函登记之而已。

火车登记之苦

述及在衡阳站登记之恶作剧，有足苦笑者。吾人团体共三十余人，须做三次登记，人亦必须分三批出发。妇孺过多，良不易。乃商之同人，行李多者，乘公路车赴长沙，转乘小轮赴汉，此为第一批。其余分两部，以十人先登记，余愿率眷殿后。同人无异言，余乃进行登记。衡阳站在湘江东岸二里外，派专人前往排班。吾人在衡迟延二日，十九日午，登记者过江。以登记在每日早七时半，次日购票，而排班又必须早一日也。吾人之专使抵站，排班者已达二十余人。时方正午，鹄立至明早七时，非任何人所能为。幸站上有经营此项生意者，有板凳出租，每客占一席，坐费二百元。另有小旅馆茶房，可代坐板凳司占位之劳，每次二千元，吾人自亦如法炮制。唯恐占位置者不忠实，又加派一特使渡河。于是以此三人轮流更换坐候。互守夜，则得资二千元之人责无旁贷。彼等于傍晚时，携棉被夹裹其身以坐之。夜十二点晨三时，特使、专使，各往此视一次。适此夜细雨，寒风砭骨，排班者无不一一作龟缩而抖颤。天未明，专使即以恻隐之心，往接替占位之人矣。吾等二十日之登记，适前有四军人登记团体票，每人以十票计，则售武昌票六十张，已去三分之二。专使惴惴，唯恐一夜之虚耗。七时半，顺序登记，行至发证窗前，则已登记五十七票。投函入窗，仅获三票。时特使在旁，即曰："今日已完，继续明日可也。”于是专使下班，特使即继候其位，后随者不疑。而明日七时半，相距二十四小时之登记窗，吾人获首席矣。专使归寓，告以站长通融，于三坐票外，复售与四站票，小儿不计。去早，站票可坐于行李上。登记后，即付票价一半，业已照办。予闻而慰藉备矣，乃尽出所有壮丁，悉数渡河，以便轮流排班。由廿日七时至廿二日七时，足足两昼夜，同人幸得登记十票，使者归告，余大慰，即破悭囊，邀饮于远东酒家。午饭毕，渡河，宿于衡站附近之小旅馆，而艰巨工作，又告一段落。

衡长路上

以吾人第二批登车之经验，知非早上车不可。廿二日，晨六时半而赴站。衡站钢骨水泥大楼，高凡四层，巍峨壮观。但仅剩其壳，内则爆破一空，毫无所有。站中局促楼下一残存之小屋，故登车无站门，越空地而往站台，且站台仅高土堆，原型尽失。跨轨道由窦门入车，人拥塞如蚁群，不可即入。经与站中人交涉，始获对号就位。此车厢除吾人十票外，前六排板凳，尽为某方面仓库兵眷属，坐三十五人。在吾等坐后，有空地，堆行李二三十件，复有五客拦入。其后前坐又加数人。于是四十客之车厢，收容及六七十人，其情形依然坐长途汽车也。七时半开车，钢轮驾之，车身摇摇，颇亦有火车滋味。由衡阳至长沙，路均新修，桥梁破坏甚巨，无法修理，仅另树支架之桥身，上架轻轨。中经一桥，须旅客步行过河，然后上车。其勉强通行，盖可想见。此车虽为汽车行曳，然日俘对技术上之训练，相当细腻，每开车之前，必从详检验机件，故无抛锚事件。一日之间，在小站各停十分钟，在株洲停二十分钟，均为便利客进饮食与方便者。下午四点半钟，行抵长沙车站，旅客如坐汽车，各扛负行李，出觅旅社。所谓车站也者，乃抽象名词，一片瓦砾，不但无屋，而且无墙，仅有水泥糊砌之四门圈，立于凄风苦雨中而已。

一路挤到武昌

长沙之为瓦砾堆，自早在吾人想象中。既下车，穿坍墙残砌，行入一冷巷，是为东正街罗祖殿。前后百十幢房屋，尚相当完好。吾人投一旅馆，得一楼房。虽形势犹存，有窗而无门，有榻而无案。尚幸索得火盆一具，可以围火，此间旅店制，颇具特别意味。客饭每餐八百，房租奉赠，如不饭于此，房租则索一千二百元。吾人打如意算盘，愿饭于此。食时，则十余人一桌，仅菜六碗，白菜豆腐，且居其三。食后大笑，几不知此如意算盘谁属也。是夕，细雨，寒气甚重。同人均欲一观劫后长沙，携灯往探最著名之八角亭。至则临时房屋，亦如炸后重庆之小梁子。唯其矮小之房屋，各门一八字大门，不复置街窗，亦属别有风味者。电灯犹去恢复之期尚早，利用一切照明器具，则甚于重庆停电之夜，如煤油灯、菜油灯、土蜡烛,即为渝市所仅见也。一般物价,与衡阳若,交通除火车、汽车外，有小轮通常德、汉口。但下行船，例拥挤于军事第一条件下。小轮至汉，统舱二万元，房舱倍之，顺利行四日，遇风浪顺延，行六七日亦恒事也。火车例每日售武昌票二十张，依登记换购票证，缴半价，再由购票换票，须行三次手续。车站无站，于瓦砾场外一破室中，破墙为洞，缓行其事。登记人夜半而往，张伞缩顶，排立风雨中，且往往扑空。实则熟于此道者，可不必如此，以一万元或二万元代价可得黑票。更有黠者,即此道亦属可免。候车于修理厂开来时,一拥而上,好在无次不挤，亦无人检票阻拦。既得一席，无论有票旅客如何叫骂，决置之不理。但勿占有号码者位置，可不至闹至站长台前，自可冒滥于车厢中。车行矣，大关即过。如无人发觉,即不费一文,发觉矣,充其量补票耳。价不过五千余元,较之以二万元得黑票，其便宜如何。

吾人廿三日夜半至站，冒微雪立废墟中二小时，小儿冻至哀号，意固在免登车拥挤。不知车到站时，即为上述之黠者抢先，至令同人全由小如狗窦之车厨中钻入。幸同人力争，两板凳上人，以无票而相让。但于凳头立一人，膝撑余腰，行李堆上又坐一人，身压余背。急呼站上人，但彼来时，仅佯呼“查票，查票，无票下车”。车中人均答以有票，即悄然而去。其怠荒不负责任，非黑市有以致之，吾不信也。由长沙以北，路基较好，车行顺利，沿途时见俘虏工作站上，似甚守秩序，全面视车中人，惶然流汗。四时抵岳阳，又拥上无票之客人无数，仅两车厢衔接之挂钩旁，即堆挤数人，有一人且手攀窗而立于车壁外。黄昏到临湘，同人均宿车上，不敢行，唯由妇孺下车觅食宿处。车站去县城三华里，站上客店，均临时支盖，简陋不可名状，无足述者。站后半里，即柴草编织之日俘集中营，可遥见日俘出入。站上日俘，亦频频往来，但为工于铁路者，倒得自由，其来稍久者间能操当地土话，坐于冷酒馆中吸纸烟、吃煮面。余曾衣余二十年之老伴大衣，入屋购落花生。日俘以为官也，起笑而敬礼。余虽怜之，又复鄙之。盖闻此间人言，日军杀人如麻，捕得吾同胞，不杀，以长钉钉入脑顶，使其惨叫而死，同在此一地，何前倨而后恭也？国不可亡，同胞勉乎哉？廿四日夜半，妇孺燃烛入车，勉可就坐，回视前后，两车厢，已客满矣。是日之挤，自无待赘言。过汀泗桥、羊楼司诸名战场，均以车厢过挤，无兴赏鉴。下午三时半抵武昌总站。以汽油耗尽，停车候油，旅客不能耐，一一下车，由此穿武昌城而往汉阳门。

旅客须知

由重庆而达武昌，艰难旅程，业已告竣，以后道途，乃在江上，当自另文以记之。武汉情形，言者已多，无须写此明日黄花。而回忆此川、黔、湘、鄂之四省半环路线，言者实挂一而漏万，兹更作片段之补记，以作尾声，想亦后来者所乐闻也。

陆行所苦，唯在旅社。川黔路上，仅綦江、桐梓有招待所。其余虽有较成模样者，悉不知卫生为何物。若过一投宿小站，能得一室一榻，已为幸事。余等至贵阳，检查衣帽，九人而有六获得小动物，皆旅社被褥传染也。

黔湘路上，马场坪、黄平、衡阳有公路招待所，余付阙如。一般旅社，未见善于川黔路。而屋架上空，通风四壁，寒夜辄不可耐。旅社被褥，污秽坚硬，一无可取，行得宜自备铺盖。

路上饮食均极不清洁。川黔路上，无围车卖茶者，湘境则有之，此可求救于水果。车行少停，饮多则排泄亦苦，不如少饮。川、黔、湘、鄂，旅馆制一律，大抵其下售茶饭，其上住客。就食时，宜食客饭，不可点菜，一菜之价，有时昂于一客菜饭，原料固依样也。客饭最昂者六百六十元，最低者四百元。如六七人共食，可吃四客饭菜，余食白饭，较合算盘。

路上人力均贱，普通每挑行李二百元。但宜先讲定，否则讹索，各处无例外，长沙、武昌最贵。武汉码头难行，驰名全国，今仍如是，吾等第二批眷属，仅一男子领队，其行李由岸上搬至轮渡，仅五六十步，行李亦不过十余件，索价六千元，令人为之舌矫不下。川境产橘柚，黔湘亦然，出川人千万勿携此物。湘柑橘均佳，且贱于川。黔产枣栗柿饼，湘产落花生，可作旅途上解闷之物。湘黔边境，盐贵，故食物较淡。湘边茶盐蛋，百元可得五六枚，但均淡而无味。自綦江起，即有小鱼可食，并非如重庆视为珍品。

沿路均有邮电局，唯电报不可恃，无须白费钱。过镇远，信可勿发，留至衡阳、长沙交邮，或更先到重庆也。

贵阳有客车至晃县，宝庆已有商车至长沙。

至湘境，沿站有白饭送至车旁出售，并附炸鱼、萝卜、青菜。

公路上，必须联络司机。如能全车凑，共送一笔，可减少许多麻烦。司机薪水每月二万元，出行日给个二百元，除房饭外，了无余剩，其带黄鱼，不亦宜乎？

由渝而东下，坐船并不舒服，坐拖船尤苦。日间人并膝坐船上，肩背相叠，大小便须登岸，女眷坐拖船徒自苦耳。拖船逆风，例不行。在宜昌等船，要不得，有至两月者，食宿均无着。如无舱位，此路不可冒险。太太小姐们，务必受此忠告也。

《东行小简》，至此结束，恕不如往人游记，多描写死山水。

此虽出于文言，尚系活的材料，至少可为欲东行者一助也。

最后进数言，川居八年矣，如无必要，小住为佳，少安毋躁。须知吾人不是欧洲文明国人民，义民返乡，政府社会，恕不负责，一切自理。若以苏联、法国人民还乡，政府帮助为例，则系痴人说梦耳。诸君愿作痴人，吾复何说？

民国卅四年除夕，抗战逃难八年又三月，于二次汉口等船十日之后记此。

（原载 1945 年 12 月 14 日至 1946 年 1 月 16 日重庆《新民报》）

京沪旅行杂志

车中所见

我有十年没做长途旅行，这一次做京皖、皖沪，回头再做沪济旅行，还是病后第一遭。有人劝我写一段旅行游览志瞧瞧。经我仔细考虑，京沪一带，写的游记太多，我写的万不如人，不如写一点儿沿途所见，一点儿感触，似乎还觉得短处少一点儿吧？于是就沿途所见，拉杂记之于下：

我是早班车离开北京的。每节车厢有一个服务员站在车下，以料理上来的客人。客人将两张票（一张是卧铺），交给车上的服务员。他将你票上号头和铺上号码一对，对准了，就把两张票，代客收起，夹在一个皮夹之内。这样减少了客人、服务员许多麻烦。开车以后，服务员先到来卖茶。卖茶的手续，先有一个服务员，用托盘托了许多玻璃杯、茶叶包，挨着座位，问客人要茶不要？其次，是服务员斟开水，而后又来一个人收钱。茶钱按数计算。当然，你多要可以，少要可以，不要也可以。再提到卖饭，有无线电播送，还有服务员手拿着卖饭的单子，问你要饭不要？你要时，可选自己所要的等级购买。吃饭也分三次，哪一次，由你自己去挑。还有也可以到车上去买饭票，当然，先前服务员问过要饭不要，以及何等饭票，已经卖完了的话，那就不卖了。客人买得饭票，拿着饭票，看哪方有空位，你就坐下去。饭票放在桌上，服务员自会来拿。不过，他只撕掉一半儿，还有一半儿，放在你面前，万一弄错了的话，还可以拿出来一对。饭分两种装法，有共菜一盘子装的，也有另碗盛的。这种吃喝都是软席、硬席一律，自是平等。再谈到清洁，服务员真是认真努力。隔了一会儿就来扫地，把痰盂拿出去倒刷干净，还要加上石炭酸儿瓢。至于大扫除，每日三次，窗子缝里，板子上下，都清洗一番。停得稍久的一站，都得请工人，将车轮之间，细细检查，真是细心之极啊！

从前站上，卖零碎东西最多，由站里到站外，卖东西的人，几乎数不清。这里面不清白的人，也许是有的。现在卖东西的人，由服务员担任。反正站上出什么东西，服务员就卖什么东西。比如鸡、西瓜、包子，在火车到了一站，服务员就推着、背着来卖。价钱统一，用不着讲价了。

离开北京，就是天津东站，比较停的长一点儿的时间，这个站，解放以前，车上一看，未免叫人目不忍睹。东站的两旁，人家停下来的棺柩，其数目已是记不清。有将砖瓦砌的，也有白木棺材乱摆的。风吹雨打，乱七八糟，就乱放了一阵儿。最不好的，就是小孩子的棺木。十个有九个是棺材随途抛弃，无人遮盖。这要是大热天，棺内尸首腐化，其气味当然难闻。这不但与市政相关，也是国际视线所集，所恨路局方，何以当日就没有看见。人民政府接管以后，不但没有棺材停留在那里，连旧有的也完全打扫干净。

我们坐火车，常不知前面一个车站叫什么站。现在除了在车座壁上，张挂三四份日历大的一张地名表，逐地更换。还有服务员常用无线电不断的报告前面那个站名。遇到前面那个站，是很有名的地名，像济南、徐州等，还要做旅客须知的那份报告。至于中途到站的旅客，无论是何种时候，服务员都要很尽心的通知旅客，免得旅客过了站。这都是以前所未有的事儿呀。

（原载 1955 年 9 月 1 日香港《大公报》）

到了合肥

车离开天津，天气慢慢加热。小寐片刻。晚上四点多即起，车上服务员告离蚌埠不远了。我是先到合肥的。到站下车后，见蚌埠相当大，到问询处一问，淮南路八点二十分开车，六点四十分售票，尚有两点余钟，遂择一张长椅坐候。淮南路有蚌埠通裕溪口（芜湖对江）之一线铁路，经过合肥。去往合肥，都可以坐淮南路车。蚌埠虽是要看一看，但为时短促，又时间太早，只好放弃。据闻，人口有五十万，也算中等商埠。八点钟，登淮南路车。

车子八点二十分行，经过平畴，远远地看去，东南角上，有青山一列，界住天脚，已是带些江南风味了。车子行百余里，已经入合肥境界。两旁一望，田地已分阡陌，不像北方，山野田地相通，很少地外又筑田埂的。此间田地既分了田埂，所以较高的地方，都有了池塘。池塘之下，水田不断，庄稼均已插秧(时阳历六月十二日)。唯水田中间，往往还有干地。所有村庄，都含有皖西北意味。一所村庄，约有三五十家。人家之外，均觉树林葱茏。唯有一点，大大异乎江南。不但是异乎江南，沿江各县，也不是一样。就是这里人家，十分之九，均系稻草铺屋。合肥虽然是有名的地方，但稻草铺屋，尚系未改。

车行十二点二十分，已抵合肥。合肥，现在已经改为省城，人口有四十多万。从前的合肥，不过三四万人，解放以后加多，真是蒸蒸日上。城墙已经拆除，有几条马路，横贯南北。市上盖的房子，非常之多，一两年后，草盖民房，将以瓦房代替，那时合肥更好。我顺了马路一直找，找到我二伯父生下来的大哥张东野家，就住在他家。

（原载 1955 年 9 月 2 日香港《大公报》）

逍遥津与明教寺

到了次日，我的大兄，带我去拜访了一些久别的亲友。关于合肥可以留恋的名胜，一曰逍遥津，二曰明教寺，三曰包公祠公图，现在分开来说。

逍遥津是公园，有马路可通，是三国时候张辽击败孙权的地方，可以说地方有名，很古很古了。解放前这里为私人所有，现在归公了。当然，这是很适当的，不然这样的名胜，独归私家盘据，那简直太过分了。逍遥津改公有以后，还大大地布置了一番。大概此园有二里多路上下，入门一条马路，跨过儿童公园。马路分歧可进。再进去花圃草地，分排两边。沟渠水道，微微环绕，围绕公园之半边。有三五亭榭，靠花木荫处，颇有诗意。据当地人说，张辽墓就在水道沟处，水中有一土丘，即是。一说，不在园内，在城边，两说尚待证明。踅而向右，有动物园，除了翎毛不算，动物约三四十头。其中有两种，我是初次见到。一为玳瑁，有小桌面大。一为石龙，约长四尺，远看宛如一蛇，及近视，颈项略粗，头略大，尚有四足，看其形状，又绝类一蜥蜴。传此物极猛。

明教寺，在逍遥津偏东。此寺四围全系平地，唯寺之所在，在土堆上建筑起来。按台阶数了一数，共二十六砌。庙凡三进，各庙都差不多。唯前院有一土台，上覆一亭，亭中有一井，上系一木制之额，其上有字曰："屋上古井"。此寺大概建于明初，井，古来就有。寺因毁于兵火，后有太平天国李秀成部下曰袁宏模，在合肥西庐寺出家，人家称他为通元上人，化缘重建。这块匾额，从通元上人说起，说到三国时这个土堆是教弩台。台后有逍遥津，就是张辽藏丹师的地方了。古来这庙外松树成林，林边有亭，亭子叫折松亭。寺基不远，有一桥名曰乘骑桥，相传三国时，孙曹交兵，孙败，尚留有一骑，突过此险，所以叫乘骑桥。现在完全成了人马大道了。不过这些传说，也仅是传说而已。

包公祠，这就是民间盛大传说包拯的祠堂。此祠在合肥南门外，护城河边。我们横跨一马路，看到一片长可里许的湖洲，这就是包湖公园了。这护城河尚干净，宽窄的地方，约有半里到半里强，目力所及，两岸大都栽得有树。又跨过一道新式绿木桥，先达一洲。这里平坦湖心，花木畅茂。中架有草亭，先方形，后改长形，亭身很大，约可容一二百人，亭瓦全用稻草铺列，又且相当地大，在别处的尚未曾看见。当六月三伏的天气，拿一本书，到草亭里去展读，清福不浅。亭后，有一批古式房屋，我猜这就是包公祠了，退到亭子后面，将身子一拐，一座土库墙，中间一个门楼，门上嵌的有字，曰包孝肃祠了，果然我猜得不错。包公祠设立在洲上，出门也有一桥，通那边大路。入门，为四方形之建设。三方为廊，中隔一天井，是即正殿。其正面供一神龛，中供泥塑包拯像。像非若世间传说，是包老黑，且五官都是黑的，倒是与常人一样白面长髦，官服抱笏。闻包氏子孙，家传有一画，系宋代画，也是五官整齐，须发尽黑，毫无肃杀之气。正殿左角，立有一碑，上嵌有包拯石刻像，后世人多为模拓，就不免略带模糊，但白面黑须，尚一样。《宋史·包拯传》，有“人以包拯笑比黄河清”之说，此不过形容他的尊严，并非说他像个老黑呵！正中有一牌位，其文曰：“宋龙图阁直学士，枢密使，赠礼部尚书，谥孝肃，讳拯，字希仁，包公位。”

这里，我应当将我个人的看法，先写出来。包拯虽是统治阶级的人物，但仍不失之于正直。所以从宋朝以来，老百姓非常地喜欢他。他们说，亘古以来，就没有哪个清官，比他还清，所以建立这一座祠堂，来纪念他。

阅包公像毕，又出而赏玩。立观此间一塘，由东抵西，混然一色。有时穿过湖心坦地，又分而为二。极东边尚有一桥，通过湖心，再通过彼岸。彼岸之间，尚有一条马路，四周种有花木。把湖洲再弄好些，或者过了二三年，便会花木成溪了。

（原载1955年9月3日、5日香港《大公报》）

倒七戏

倒七戏是合肥的地方戏。为什么叫倒七戏呢？据当地人的解释，凡戏子出台，口里要唱七个字一句戏词。等到唱完了，掉转身来，面向台下。所以开始倒步唱了七个字，这就是倒七戏。现在当地戏要大众化，这七个字一倒，已经没有了。不过“倒七戏”这个名词，还依然存在。这是当地人说的话，可靠与不可靠，我不知道。

我看倒七戏，一共看了两部，一次是《双丝络》，一次是《借罗衣》。《双丝络》是古装戏。《借罗衣》是时代短戏。就戏说，服装台步，已离京戏不远，而且十之八九，已属京戏了。台词方面，完全是合肥话，我们可以说完全懂。至于唱词，用心听，大概懂得一半。听久了，大概可以完全懂的。至于编戏方面，当然是好。旧戏多半是靠色情出演，现在将本地戏从头一改，故事戏有色情的取消，新编的部分，当然知道何去何从，所以演出来的戏，意义都是很正大的。《双丝络》写旧礼教下一位参将的小姐，很有一身武艺，爱上了一位书生，参将不许，小姐没奈何跟着书生逃跑。

《借罗衣》，只有几个人，演出来更好。大意说，女儿要回去看她母亲，许了邻居，回来有鸡吃，借了几件罗衣，又借了一匹驴子，让她小叔叔牵着。于是一路之上，演出许多笑话。回家来遇着姐姐，是个老实人，这女儿就对她足吹一气。后来母亲回来了，这女儿依旧是吹。最后她小叔叔来了，把故事揭穿。看的人，固然是大笑不止。但这里面很有意义，做事呵，要实实在在。在舞台上轻轻悄悄，把这话告诉了人。编戏的人，并没有说什么，看戏的人自然明白，这戏自然是编得好。至于音乐方面，也设了台下音乐场，戏剧改良后，当然好得多了。

（原载1955年9月6日香港《大公报》）

六安县

在合肥住了五六日，得到了一个参观佛子岭水库的机会。同路去者有王君。此去佛子岭，尚须经过二县，即六安、霍山。合肥每日有汽车一班开往水库，时间是清晨三点四十分开，所以坐车子，要极端地早。我们二人天未亮，就起身往汽车站。合肥总汽车站设在火车站附近，所有开往各码头汽车，都必须由这里搭。我们按时上车，沿途浏览许多江南风景。绿野慢慢地移动，途中见到一种有趣的双轮车子。车子本来系拖东西用的，此地看到，亦可拖人。人须倒坐，拉车的拉着走，猛然看到可发一笑。车行抵六安，尚须少歇，遂同各位下车。我们在车上，远隔四五里，便见瓦屋鳞次，中间还有一塔，这就是六安了。入市，已见城墙拆除，两旁街铺，多半是旧式。至于新式建筑的，那都是百货公司、合作社了。街市最有名的就是四排楼，四条街巷接连一处。我们站在街上，用目力估计一下，最宽的街道，十轮大卡车都难得过呢。不过六安是以清茶最出名的，喜欢喝茶的人，大概都知道，就是六安瓜片。我们这个日子到六安，正是赶上新瓜片。我们试买一毛钱，在小饭馆吃中饭，叫店员与我们泡上一壶，端着一试，真是清香扑鼻。六安所见，为时不多，匆匆即刻上车，车行三百里，行抵霍山。因车停的工夫很少，没有入市。据同车的人说，也和六安差不多，但车行到这里，已入丘陵地带，两旁小山，中隔梯田，公路微弯其中，别有佳趣。

（原载 1955 年 9 月 7 日香港《大公报》）

佛子岭前

霍山西南，接近大别山支脉。车行极速，已入一大绿色包围中。两边山势，看去并不甚高，但是山峰连绵，正不知其后有若干里。忽然发现一河，河流极浅。然河面极宽，十九是泥沙、石子堆砌，共约一里路，不过沙滩以外，有水潭，或者可以行筏。正观望间，车抵一沙洲，竹篱茅舍，陡集此处，这就是佛子岭。我们下车，步行前进。此间一边是河，河那边是山，河这边也是山，不过小一点儿。两旁山上，竹子树木，都是挺秀得一望无际。河滩上不远处，有一座新式的木板桥，桥可以过载重十吨的车子，有半里路长。河那边，是合作社、学校，等等。这些房子，以前都是没有的。以前有的，就这一条河两岸山呵。路边有纪念碑，很大。再前进，路经一山角，山角旁边，已经有八角亭子，而且琉璃瓦已经运到，这就是纪念亭了。在这里一看，人已爬上了坡，早见两河两山，划而为二。钢骨水泥筑成大坝，将两山又合而为一，坝长约一里，七百五十米高，筑成半圆形，共二十一个，真个横行天空。此处公路靠山沿河直上。有两座桥现在眼前。一座是坝下长桥，上面可乘载重车辆。一座是便桥，也和前一样长，直达对岸。穿便桥过去，其间有一个山洼，山洼之内，辟为公园，方在建筑中，公园路口，有两重房屋，山顶一重，为西式楼房，山下一重，有两层。红漆栏杆，绿色垂柳，一排二十余间，甚佳。这就是山上招待所。我同王君到招待所接洽了一番，开了房间，每间三叠床铺，洗脸喝茶，无不具备。此外食堂、洗澡间，也样样都有。

（原载 1955 年 9 月 8 日香港《大公报》）

试步坝上

饭毕，出去参观。我们由招待所出门，沿着山路，随着木制的阶台缓缓着往上走，中途歇了两次（因为我犯过脑溢血症），才得到坝上。先已说了，坝是钢骨水泥做成的。外形好像一个簸箕，向外倒立着，内形像一支大柱，柱子上面，光滑平整，对内一望，两边大山，一直伸到挺里面，四周都是树林森森。两山之下，便成了一条大河，河里还有挖泥艇一双。水平如镜，一直上去数十里，全是两岸绿色，河道缓流。这朝外一望，沙洲石坝，满河都是，坝底长桥，工人来往不断。低头俯视，觉得簸箕倒插，人在其上，有点儿头晕目眩。人工真正伟大。小步坝上，徘徊久之。

坝上看完，我们下坝。首先达到的，就是长板桥。此桥载重汽车可以来往，可想见其宽。我们所可遇到的，就是运沙石车，可以来回不相碰。我（们）两个人顺了板桥走，天气很热，后来到了电灯发电的地方，查了一查温度表，是华氏一百零二度。可是我们跑进这倒插簸箕低阴处来，这温度就低了很多度了。

回到招待所后，王君介绍，认识这里一位工程师王元兴君，听他谈起现在筑坝的地方，原是石头、沙洲蝉联着，要断不断的样子，后来动手，挖成缺口。两边两层山顶，各筑一所房子，就是纪念二地。土工既完，他们就筑起坝来。坝有二十一个，外加小拱数个，高约六十五公尺，长约半公里。此坝，全是空心，用钢骨做成，外号“连拱坝”。此项空心坝，亚洲方面，还是第一个。关于此坝，当然第一个计划是防洪。还有几点，可以利用，便是发电、灌溉、通航。发电方面，第一批机器，安好发电后，佛子岭已用不完了。第二批机器正移动中，将来一齐装好了，可供合肥一带使用。大约一度电只要七分钱，这就便宜太多了。再关于灌溉，也略为估计，可灌溉五十万亩地。最后关于航运，在下游筑一短坝以储水，便利船只通航。

至于上游水小，还可以通筏。许多山货，尤其是木料，都可由这里运出。这坝上到坝下，还可以用轻便铁路运。

（原载 1955 年 9 月 9 日香港《大公报》）

安庆新貌

在合肥住了几天,我就往安庆。安庆是安徽省旧日的省会。现在合肥到安庆汽车，一天共有三班。我是第一批车子走的。车五时十分开，天已大亮了。六时，行抵舒城县。所谓青山绿水，这里真是这种境界。凭窗远望，不觉神驰，舒城以北，似乎港很多，我们经过了好几处长桥。车子依旧南行，行抵桐城境界小关。这里所谓小关、大关，都是桐城的边境。也属大别山支脉。不过，我看小关、大关，依然以小关为最雄险。山自西来，虽不甚高，然两个山头夹一小口，回头看高山上有一庙，约五百尺。回想旧时，这里有军事，一定是险要的呢。大关虽亦险要，然不及小关。车行到此，完全在山底行走。遥望西方大别山支峰，漫漫云雾迷离，十时行抵桐城县。本来坐车直放，十二时可以抵安庆。但车子定规，行夏季时间，要到下午三时方才开车，在桐城要歇五小时。桐城是家乡一个有名的邻县，看看也好。午饭毕，冒雨入市。一直向前，就叫做长街，当然也拆除了城墙。我观后，觉得尚不如六安。

时值降雨，无甚可记。午后三时，汽车始开。这时漫漫大雨，车行抵高河埠、集贤关，雨更大。从窗外视，雨雾沉迷，有时，路为水所淹，汽车须为抢路，在大雨淋漓之中，车子行抵安庆。

安庆是旧时安徽省会，把今日景象一比，当然有一种启发。第一，这安庆城里，在从前就只有四排楼，算是繁华的地方，现在看看这地方，就只一丈多宽的一条街，窄狭得真可以，与新修马路一比，那就不用提了。第二，从前老百姓喝井水，好一点儿人家，喝江水，现在都喝自来水。第三，从前的电灯，昏昏暗暗，而且过了深夜十二点钟，就没有火。现在与别地方电灯一样明亮了。第四，从前没有新式的电影院，没有新式戏院，如今都有。第五，从前可以说没有公路，就是有一两条，也是不通车，如今到哪里去都通了，还有小火轮，而且打票格外便宜。这都是就眼前的事，随便这样比一下。再要论到学校、卫生，等等，那就用不得比，比解放以前，真不知要高明多少倍。所以安庆虽然不是省会，比从前省会实在好得多。

（原载 1955 年 9 月 10 日香港《大公报》）

迎江寺塔

我到了安庆，第一件事，就是看迎江寺大塔。看看坏的地方修好了没有？自然，完全修好了。迎江寺在东门外，现在没有了城墙，还是这样叫着。门口河街涨大水时，长江要涨到门里的。从这里算起共是四进，第一进是四大天王、韦陀，第二进是正殿，第三进、第四进是偏殿。塔树立正殿、偏殿，第二进院子中间，这个塔名为振风塔。说到塔，共有二十四丈高，合一千八百六十八级。主持此寺此塔建筑的，是明朝王鹭洲，到现在已经四百年了。进塔，塔内是盘形梯，第一级有佛龛供佛一尊，第二层，为实心，四周有门，大风呼呼作响。我在病后，就不敢登塔了。下塔，通过三殿，此殿供有佛像，比人还大。第四进供有小佛，迎江寺的方丈，就住在此处。

此塔，在解放前曾受过破坏，但是塔身依然不动。前两年经地方当局，着手修理。先经过公司估计一下，单是搭架子，就得一万多元，修理还不谈。后经那修理过塔的工人说（修理过塔的人，现在就剩一两个人了），据他们经验，可以不必搭架子，坏的地方就修。后当局真依了他的话，居然修起。据闻，那修理塔顶上的这一坐，最为危险。工人用铁索攀在顶上，下面悬空，工人就借这根铁索，攀住身子，就这样动起手来修理，看的人都为工人捏一把汗。如今，振风塔盖起来了，不能不佩服这工人细心而胆大，可惜，我没有打听这工人叫什么名字。

方丈月海，说起来我们也是熟人。在抗战的时候，我曾一度到潜山，月海那时是野人寨三祖寺的方丈（野人寨，是一座大山口。南宋，邑人刘源，号野人，借此寨屯马养兵以抗金，所以叫野人寨）。我去过三祖寺，所以认得他。他今年六十五岁，须眉都是黑的。据云，此寺共有三十几个和尚，尚有杂工十余人，共有五十多人吃喝，完全靠着政府维持。寺中虽有点儿房屋，多是给平民住的，房钱收入有限，所以现在和尚另谋生产。和尚生产倒是件好事情，这样也可减轻一下政府的负担。当然他们生产经验少，技术低，收入也就有限，这要不是人民政府，迎江寺的和尚也就很难维持生计了。

老和尚谈到此，我们告辞去了大佛殿靠江的茶社喝茶。此处是大佛殿对过儿，另辟一楼。里面桌椅宽大。坐而手把一盏，长江数十里沧波，流入眼底。隔江芦苇一片，远接青山，令人见了，也感觉雄阔得很。茶社尚有素点，远路茶客，当可对此长江，尽兴一饱。

（原载1955年9月12日香港《大公报》）

黄梅戏

黄梅戏，还是我们的家乡戏。何以叫黄梅戏？据父老相传，这戏是由湖北黄梅县传来，所以就叫黄梅戏。当然，与现在的黄梅县一点儿关系没有。这个戏，以前只有绷鼓、小钹，别的乐器没有。至于戏，小戏而外，也有正本的戏，如梁山伯之类。至于戏台上的打扮，去生角的大概是简陋的古装，去旦角的，那就完全是时装，而且这时装，也是很不合时的。可是，近来演时装戏，那时装也非常之漂亮了。同时，这黄梅不止在乡村演唱，也流入城市了。当然，起初只有我们几县的人听，还未能争舞台上的一角。自从解放以后，政府尽力提倡，不但在安徽是无人不知，就是全国，凡是谈戏的，也没有人不知道《打猪草》《夫妻观灯》了吧？所以我在安庆的次天，就观看了一番黄梅戏。

我去看的，是新编的《宝玉和黛玉》。戏一开台，是分幕的，这很合我的口胃。戏分十余幕，幕幕布景，都很堂皇。戏中人的装扮，都扮得像京戏一样，个个都穿起了古装（戏台上的）。黄梅戏，也和上次说倒七戏一样，原来侧重色情的，现在将色情部分一律删掉。从前的唱腔，那是很单纯的，而且不用乐器来配。现在改了，乐器也配得非常复杂。我们走进戏院里，在那音乐室一看（照例在台口），可以说应有尽有。我回忆初看黄梅戏的时候，四根柱子，搭上一个草头班戏台，那音乐的场面，就只有三尺长的绷鼓，另外一小面小钹，奏乐的三个手指，打着绷鼓，同时，拿一筷子，打一下子小钹。此外，什么都没有了。黄梅戏变到现在，可以说大众爱好的戏剧，戏剧跟着大众走，越发有进步了。台词方面，大概都采用怀宁、桐城、潜山的土音，但是古装方面，生旦略微用了一点儿京白词句。时装，才全用土白，但土白离江南官话，不怎么远，可以说扬子江一带住民，可以完全懂吧。舞蹈方面，黄梅戏大有进步。从前虽也有，没有怎样注意。现在就像《打猪草》《刘海戏蟾》《三姐下凡》《夫妻观灯》，都是边舞边唱，非常的好。就以《打猪草》而论，台上就只两个人，而且都是小孩子。以小孩子怕践踏草里竹笋,男小孩和女小孩吵起来，戏情可以说极为简单。但是这两个人靠舞蹈的功夫，弄得台底下目不暇给。

（原载 1955 年 9 月 13 日香港《大公报》）

菱湖公园

在安庆有一最能表现乡土观念的地方，提起来说是菱湖公园。原是很大一块池塘，叫做菱湖。在清末民初，就改作菱湖公园了。虽然没什么名胜，倒是树木很多，在夜晚上，两三朋友在树林之下，徘徊两周，却也清气勃然。不幸抗战时日军怕这里会藏游击队，一齐砍了。现在重新来看，地方也改大了许多，还挖了很多池塘。不过，要树木成林，总还要三四年，才有当年之盛吧？所以我到菱湖去的时候，在芦席新竹编的茶社里，对朋友说，绿树荫浓，还在三年以后，我们大家应当帮助政府，协助成立大花园，我们赶上来乘凉呵！朋友为之一乐。

（原载 1955 年 9 月 14 日香港《大公报》）

夫子庙

扬子江上下游的大轮船，差不多每日总有这么一条。大概安庆下水轮船，总在十点钟以后到。轮船码头，一天以前，已经将行期钟点，报告出来，真是准确，一分钟都不差。我是十一点钟上的船，天不亮已经到了芜湖，正下大雨。半里路以外，已经难于分辨，但是轮船，依然开了走。十二点钟附近，到了南京。就依照原来的计划，下榻我本家弟兄张友鹤君家中。南京，当然是我们极熟的地方，虽然古迹名胜很多，这个我们不记。我们记的，就在新旧方面，把事物对比一下。

我们要谈的第一项，就是夫子庙。解放以前，夫子庙酒楼茶社，歌台舞榭，真是林立。可是我们试嗅一嗅，就说他六朝金粉，那空气也肮脏得很。现在那些东西，一扫而空。再看与夫子庙齐名的秦淮河，名字是好听，但是真的去逛，实觉得气味难闻。如今秦淮河涨了一河的水，一点臭气都没有，这是第一件快事。此外搭了几道桥，平整可步，这也是一喜。我们向夫子庙一行，往庙里一看，所有摊子都移走了，显得空阔了许多，这里已改为人民游艺场了。大殿改为越剧社，两旁改为弹子、象棋社，等等，这倒给人一种兴奋。晚饭以后，朋友四五人，笑说往观白鹭洲如何，那地方，颇有点新的意思。我答可以。起身前往，到其处四周芦苇瑟瑟，水沼一变，月色微明，人影依稀，晚景倒很不错，白鹭洲在水的北边，一个新建筑的大亭子，倒很有曲折，这是以前所没有的。当然，李白所谓“二水中分白鹭洲”，与这里毫无关系。

（原载 1955 年 9 月 14 日香港《大公报》）

燕子矶

到南京后第二天，邀到同好黄君到燕子矶一观，我们在淮海路搭坐长途汽车前往，共是一十五里。车子到了燕子矶，也是一个小码头，下车前往，共有三条街。燕子矶原在街的边上，门口立有“燕子矶公园”的横匾。约有一码多路。路上立有一亭。路旁是山石，这就登山了。向右行，石砌陡立。陡坡方尽，面前又立一亭，其中嵌一石碑，是乾隆一首七绝，诗并不佳。旁边有平屋一所，原来是卖茶的，现在空屋相向了。亭外一片空蒙，朝北一望，长江夹江，依山矶流去。朝东一望，山势慢慢向前延展，山坡斜倾下去。大水的时候，恐怕是很险的吧？燕子矶看毕，往看三台洞，好像这是固定的事。不看三台洞，就觉得燕子矶没有看完似的。

出了燕子矶街上，有公路相通。这里南边是山，虽不高。然而一山连一山，却没有断。靠北，都是水村，田陌纵横，扬子江被外面水村挡住了，过了半里，在悬崖上，有亭阁依山势树木丛起，很是雄壮。依山城步行前进，上面门首，题着观音洞。入庙，靠山有两幢殿阁，上供佛像，这里有几户平民住处。相传题“岩山十二洞,铁链锁孤舟”之处。也在此地，向前行,又半里许,路北有一庙,庙前有一匾,题为“古抬头洞”。入庙观看，第一进，尚很清洁，供如来佛。第二进，是悬崖，约为民间房屋三个这样大。此庙还有一和尚。据说,地下石头，有一牛形。有一洞约两人深,相传是六祖说法处。按六祖出家，虽在金陵以北祖传寺，拉到此地，有点儿为的是蓬荜生辉吧？而况此地黑黯黯的，何以能说法呢。又出庙行约半里，也是小山洼中，门首题为“抬头二洞”。里面住的自然是平民。里面有一佛殿，一洞。无甚可观。出庙前进，前面不通。我们玩三抬头洞，遂不免作罢。据路人云，燕子矶以三抬头洞最佳，洞后，有三层，并有一线天等名目，他为我们没去成而可惜，我们以为留点儿想头，也好。

（原载 1955 年 9 月 15 日香港《大公报》）

玄武湖与雨花台

我们逛了燕子矶以后，回来顺道儿，就看看玄武湖。该湖已经完全新式，在城边先设一入湖的售票所，进门以后，柳堤已完全加宽，而且新栽的柳树，成林也相当地快，已经是绿荫合树了。先踏上湖堤，约莫有一里路长，全是在绿树丛中，而两边又是湖水，令人有玄武湖新来之感了。从前的玄武湖，中间仅仅通了两洲，余外有三洲全是竹篱茅舍，还不免鸡鸭成群，对于湖里，有些不调和的地方，现在原来二洲，完全翻新，有些地方，还是新添的。至于另外三洲，也有极大变化，当局先替那些平民另找了地方，妥当安置，回头把这三个地方，完全接拢起来，有该立亭子的地方就立亭子，有该添水榭就添水榭，最妙的添一段长堤，长堤有三道桥，当然上面种了柳树，这就是说三个不通的洲，从此打通，可以通到鸡鸣寺了。鸡鸣寺原来是没有城门的。现在却有了一个门，迎接这新打通的三洲，这实在是好。这时，张君也到了，找了一个白苑树木丛生的底下，消受湖光。我们看，围着这玄武湖的北边以及东边，是那紫金山一带，全是高高低低的山，而且都是森林环抱。靠西边一带，全是年老城墙。城墙原是不美的。但是玄武湖天然的林木，映着这一带城墙，也就有十分静穆的美。再加十里湖光，又添上许多楼阁，除了西湖以外，我觉人工、天然二者合而为一，玄武湖的确要算一个吧！而且还觉天然战胜的地方为多呢。我们歇了许久，找了一只小艇，缓缓地划，绕着长堤，划到鸡鸣寺登岸。我说这堤像苏堤、白堤一样，为不可少的点缀。同时，古城半环，很多幽花，令人忘俗。

我既觉得这玄武湖甚好，朋友都说，雨花台也值得重逛一回。我当时羡然愿往，薄暮便行。雨花台是梁武帝时代，宝志在这里讲经得名的所在，这多朝代，没有人修理过它。解放前虽去过两回，真是一径荒草，毫无足观。现在已陡然改观，新辟了汽车路层层可以上去。所栽的树，业已长成，直觉四山环绕，葱茏一片。第一层为烈士墓，这墓经许多人削平山尖，阔大基地，显出一块平坦区，而且还加了树木，在这里站立片时，真觉有一种敬意油然而生。第二层为广场，第三层为山巅，层层都有树木，真觉洗清精神不少。山巅之下，尚有一八角大榭，是卖茶的所在。从前可看见卖雨花石的，还有几个，都摆摊子在树荫里，这可见要有六朝烟水气，还是事靠人为呵！

（原载 1955 年 9 月 16 日香港《大公报》）

中山大道

在南京停留不论久暂，人总问你中山陵去过没有？别中山陵也快到十年了，自当要看一下。而且博物院也在这里，顺便看看也不坏，于是同张君一路，先看博物院。这院略仿中式所造，三高楼，大门口也很宽阔。入门便可参观，不须任何手续。第一室至第七室，参观已毕，大概殷代之物，为鬲、鼎。鬲为煮熟东西之食具，底下有三只脚，约有一小桶大。鼎有长方的、圆的两种，长方的形如一小桌，高约二尺，长约可三尺；圆鼎亦有椅子大。第二室为周朝文物，骨尺一根，颇引人注目。

出博物院，张君雇一三轮车，驰往城外。中山门外夹道大树，只觉凉风习习，车在树林子里头钻，精神为爽。因从前在南京时，树植秧未久，未见佳处。现一别十年，但见树木成林，车子在林荫大道上奔驰，树林以外，不见别物。有时树木盖顶，天都少见。植林佳处，至此方见其妙。车子先到灵谷寺，停车，即看无梁殿。其大门以内，路径广阔，倒是很好。至于大殿，砖石砌的，确是无梁。巍然一座大殿，并无佛像，四壁空垂，也没有字。除了大殿，一切都无。灵谷寺在东首，这寺的妙处，不在庙内，三四殿宇，几盆花草，这不算什么。只是庙门以外，树木高的，有的六七丈，小的也有四五丈，微风吹来，便觉其声瑟瑟，仿佛就有凉意，真是宇宙清气，不招自来。我就约来的朋友，在这里歇上两三个钟头。回头进城，车过中山陵时，见当年林木，分着层次，一层高似一层，望山冈上的黄色琉璃瓦屋。有画的意味。远望南方，在这里绿色田园山谷，慢慢地和白云混着一团，那就是天边了。车再过明陵，这里向来景色不恶，钟山逐次下降，便是明陵。不过，朱元璋虽看中这里地势，可是在排场上，那就大不如北京近郊的明十三陵了。明孝陵完全以风景取胜，论到陵墓，一段小小的红墙，里面虽也配上了三个宫殿，都规模不大（后来虽修理一次，然宫殿的地基在那里，决计大不了）。就是隧道，也仅仅一条。十三陵据说是永乐帝的长陵，石人石兽，还有大门口的配殿，这就有十里路长。再到说十三陵的本段，红墙宫门，一律伟大。进门以来，那层宫殿，与真的无二。隧道一分为二，往上通往朱砂碑亭，这也是明孝陵所没有的。一个陵尚且如此，比起来，明孝陵自逊一筹。但是人家说起明朝来，不管朱元璋怎样，总要比十三皇帝高一个码子。所以明孝陵仅仅以风景取胜，倒也不坏。

（原载 1955 年 9 月 17 日香港《大公报》）

太平天国之某王府

太平天国在南京建都，照说南京就应当有好多史料供给。可是经过前清的时候，老百姓的隐瞒，以及反动分子毫不注意，结果是非常的少。现在忽然宣传某王府发现，当然值得一观。张慧剑先生商洽妥当以后，我们就往堂子巷某王府雇车前去。只是何以叫做某王府，连个姓名都不传呢。考究这一个缘故，就是洪秀全到了晚年，封王二千多人，这王位实在太多了，这多的王，自有不出名的王爷在内，久而久之，自然把姓名就忘了，但这里住过王爷，的确是事实，所以叫做某王府了。到了某王府，三座门楼，都不怎样大。投信毕，有负责整理工作的人出来，引我进去。屋凡三进，是五开间。这房子在南方很普遍，北方却很少。房子当中，有一天井。第一进，不多见的壁画就是此处。壁画是向外绘成，外面即是堂屋。我们看了一下，壁画一半，尚是干净。其余一半，因平民住此多年，为屋内柴烟所熏黑。不过内有一幅，画作水师扎寨，其中有一寨，凭空建立，凡五层，每层有窗户，靠窗可以望远，尚完好。我点头说，这的确是太平天国之画，保存到现在，没有模糊，真是不易。中门方面，还有五爪金龙一画。此是从别家屋里取了来的。据说，是殷王之物。但太平天国遗史，并无殷姓其人得封王位。但搬来之人，力言姓殷，只好认这主人姓殷了。此外房间，都已打通，里面存的有门牌、结婚证书及与外国朋友往来信件，等等。除了这些，尚有滚木擂石一件，大者如人头，小者像饭碗，旧时守城之法，用此物件击人，这个就是吧！

（原载 1955 年 9 月 19 日香港《大公报》）

上海一滴

据朋友说，上海市民，有六七百万。所以上海人来人往，在繁华的几条街上，简直都是人。人虽然比以前多了，但是交通秩序，显较以前大有改进。

上海马路，有几条却是挤窄得很。若福州路、南京路，是最繁华的地方，都嫌挤窄了。现在把那最挤窄的地方，开始放宽些。上海地方，拆房子真是不容易的事，一幢临马路的房子，拆起来要上万。我们算一算，拆出一条马路要花多少钱呢。

上海黄浦江边上，从前也是相当的挤窄的。现在拆填很宽，有人行道，有马路，还有花圃。听说每日走这条路的人和电车、汽车比哪条路都忙。

上海跑马厅，从前是大花钱的地方，若是还有租界，中国人别想去逛，现在改了公园了，这很有意思。公园有三座门可以进去，里面有茶社。茶社里尚有便餐供应。进门有荷塘，有花园，尚有跑道。上海求这样大的一个花园，是难得的。

公园隔壁，这就是博物馆。博物馆占了两层大楼，里面的陈列，和南京差不多。也是从三千多年以前殷代的骨器陈设起，到近代珐琅瓷器等为止。该馆印有“上海博物馆陈列室简要介绍”，这对初次进博物馆的人很有帮助。

你到了上海，总想看一回戏，尤其是越剧、京戏。可是工人有钱看戏，看戏人太多了，戏票非常难买，好一点儿的戏，总要排上几个钟头班。你若是一个人到上海来，总会有点儿事，看戏这件事，那就牺牲了罢。

当这天气十分热的时候，你到了上海，你总要洗一回澡。那么，仔细算一算，还是住国际饭店，比较合算。因为该店最低的价钱，是三元五角。虽是最低的价钱，却是洗澡盆样样都有，洗两次澡，洗澡堂里的钱，就省出来了。

上海城隍庙，是老住上海的人都知道的。到这里来一次，什么东西不时兴，什么东西尚可以，这里会给你一种暗示。这里等于是一种土产品的百货公司，若是能找个老上海陪同去买，那就更好了。

关于衣服的问题，以前到上海去的人，总得考虑一番。现在已经没有这种考虑了，只要穿得干净，什么衣服都可以。至于上海人穿的衣服，男的一般是西服裤子，上着衬衫，穿西服上衣的也有。女子穿的当然漂亮一些。

（原载1955年9月20日香港《大公报》）

大明湖

济南这地方，来去过十几回，却没有下车去过。这回有朋友在那里住着，就决定坐车先赴济南。济南现在住有市民六七十万人，当然，这对市里繁华，是有关系的。我的朋友，住在南门。朋友说，舜在这里耕过田，这是一种传说，我们不必怎样考究。

我到济南，觉得要看的，第一就是大明湖了。大明湖大概有十多平方里那么广阔。据说，从前，垃圾乱倒，湖里水草丛生，这个湖虽有那么宽，却是肮脏得很。后来人民政府认为这湖是济南一个名胜，就加意修理。我去大明湖，正是晚霞东映，映着石牌坊写着“大明湖”三个字。往湖心走有个巨大的亭子，靠了好些个游艇。朝湖心一望，只觉晚景朦胧，四边树木，交错湖中。一些亭榭，在树叶湖光中，加上许多菱蒲莲叶，倒有意思。雇了一只小船，向湖中慢慢摇去。这里共有五处可逛，有点儿风景的，只有两处，就是历下亭和铁公祠。历下亭在湖心，四围都是水，不叫游艇，是不得到的。现经政府，油漆一新。亭子四面透风，也栽着许多花木。一二朋友，在亭后水边谈心，这地方倒不错。还有，就是铁公祠，正在修理，祠的前面，有几棵树木，临水摇曳，这里就是《老残游记》所记的“四面荷花三面柳，一城山色半城湖”那个地方。的确，当天色很好的时候，那千佛山倒影湖中，确是有点儿画意。

（原载1955年9月21日香港《大公报》）

趵突泉

在济南看完了大明湖，就是看这里天下驰名的泉水了。这里著名的共有三道泉。就是黑虎泉、珍珠泉和趵突泉。珍珠泉在省人民政府之内，这里不谈。黑虎泉离朋友家中不远，转弯儿就到。泉是三股，三个虎头，由地上喷出来，泉的前面，有一道壕。人家的壕沟，都是浑水，这里却是清水，因为这里从前是南门外，所以有这一道壕沟。现在拆了城墙，填平大马路了。所以看不出是壕。黑虎泉看过，我们去看趵突泉。

这趵突泉是济南七十二泉中第一泉，所以人都要看。出了西门，由一条人行巷中前进，还没有到泉，就见两旁水沟，水势非常的汹涌。后来进了泉门，一看已建筑了两重房屋。一座大池子，水中间涌出几粒细珠，池旁有石碑，上刻“第一泉”三个字。这里已很多人观着。再过去，池头搭了一座平板石桥，隔桥观看，只见池的中间，忽从地底下翻涌泉水出来，这泉水真的有水桶那么粗，头上尽翻白色，这就是趵突泉了。据《老残游记》里说，共有三个，我们只看到一个，是老残夸大哩？还是几十年前，真有三个呢？这还得问老济南。这里有一座茶社，我们便进去泡了一壶茶，坐下对这泉水，仔细地观看。看了许久，只觉泉头那样粗大，周年不息，这真是一奇。据说，还是周年不冻，无论怎样冷，泉水还是汹涌地流出。这一池水，自然很清，但是池塘底下，常常冒出一股清泉，比这水还清似的，慢慢涌到水面，有洄纹流起，你看得很清楚，这种泉水还很多，只看那洄纹，去了一个，又上来一个，这也不是别处泉水里所能看到的。古来人家赏玩趵突泉，总题上两句诗。《随园诗话》有句“倒翻庐阜瀑，长涌浙江潮”。但是夸大得可以，太不近乎写实了。看这泉流，坐了许久。后来我想起济南朋友常常告诉我，济南蒲菜很不错，就让朋友请我上了一回馆子，要的菜是黄河鲤鱼、清炖蒲菜。据馆子里人相告，还是大明湖的蒲菜呢。

济南耽搁两天，我便坐火车回北京。沿途拉杂写成杂志，自愧无生花妙笔，描绘不出祖国锦绣河山。

（原载 1955 年 9 月 22 日香港《大公报》）